KB123012

남북주민보고서

b판시선 001

하종오 시집

남북주민보고서

도서출판 b

   탈분단에 관한 시적 상상력 말고 정치경제사회적인 구상이나 기획
이나 논리의 구체성이 나에겐 없지만, 남한 주민이 남한 주민에게
너나들이하고 푸념하고 시시비비하고 농담하듯이 북한 주민이 북한
주민에게 너나들이하고 푸념하고 시시비비하고 농담하듯이 남북
주민들이 서로 간에 그러해야 탈분단이 남북 주민들에 의해 성취되고
그럴 때 진정하게 남북이 통일된다는 신념은 있다.

   나날을 살아내는 남한 주민들과 북한 주민들은 북한에서 식량난으
로 아사 사태가 발생한 이후, 혹은 전 지구적인 세계 자본주의 체제
이후, 다른 관계를 맺어 왔고, 맺어 가고 있다. 그 모든 주민들이
언제 어디서든 만나서 자신들의 인생을 말하고 상대방들의 인생을
들으면서 같이 사는 길을 구하는 시간이 자유롭게 주어져야 한다.
남북 주민들이 서로의 사람살이에 대해 알아야 하고, 알 수 있어야
통일이 가능하다는 것이다.

   이 『남북주민보고서』는 이미 출간한 『남북상징어사전』과 『신북한
학』의 계열 시집으로서 남북 주민들의 개별성과 다양성과 양면성과
상관성을 상상력으로 쓴 시편이다.

2013년 2월
하종오

|차 례|

반보기

지나간 어느 봄날엔
파주로 시집간 이팔청춘의 딸내미와
개풍 사는 중년의 친정어머니가
너무 보고 싶어 걸어서 올라가고 내려가다가
중간쯤에서 마주치자 그 자리에 주저앉아
찬합에 싸가지고 온 음식을 맛보며
서로 닮은 손맛을 칭찬할 때,
에움길이 쳐다보고
산모퉁이가 돌아보고
산줄기가 굽어보아서
둘레에 있던 나무들이 꽃들 화, 알, 짝, 피웠다

요즘 어떤 봄날엔
말년이 된 딸내미는 반찬 간을 보며 파주에서 개풍 쪽을
바라보다가
　노환에 든 친정어머니는 입맛을 잃고 개풍에서 파주 쪽만
바라보다가

중간쯤에서 허공이 환하게 밝아 보이면
그 아래 있는 나무들이 꽃들 피워서
산줄기가 슬금슬금 뒷걸음치고
산모퉁이가 빙글빙글 돌아가고
에움길이 쭉쭉 뻗어간다고 생각한다

앞으로 다가올 어느 봄날엔
개성으로 살림 난 젊은 며느리는 며느리대로
김포 사는 초로의 시어머니는 시어머니대로
꽃구경하러 승용차를 운전해서 내려가고 올라가다가
중간쯤 휴게소에서 마주치자 그곳에 마주 서서
인사치레로 양가 식구들 안부나 물으며
서로 제스처를 쓰며 호들갑 떨 때,
에움길이 멈춰 서고
산모퉁이가 뒤틀고
산줄기가 꿈틀거려서
둘레에 있던 나무들이 꽃송이들 풀, 풀, 풀, 떨어뜨릴 게다

춤

처음에는 누군가가
손가락을 까닥, 까닥거리다가
손춤을 추면
나무들이 잎들을 떨어뜨리지
그 다음에는 누군가가
양팔을 휘적, 휘적거리다가
팔춤을 추면
나무들이 가지들을 부딪치지
그 다음에는 누군가가
어깨들을 들썩, 들썩거리다가
어깨춤을 추면
나무들이 우듬지들을 흔들지
그 다음에는 누군가가
엉덩이를 뒤룩, 뒤룩거리다가
엉덩이춤을 추면
나무들이 산들을 들었다가 놓지
남한에서 시작된 춤사위가 산줄기를 타고

북한으로 가서 산봉우리들로 덩실거리면
처음에는 누군가가
엉덩이를 뒤룩, 뒤룩거리다가
엉덩이춤을 추면
산짐승들이 우당탕, 우당탕거리지
그 다음에는 누군가가
어깨를 들썩, 들썩거리다가
어깨춤을 추면
들짐승들이 펄떡, 펄떡거리지
그 다음에는 누군가가
양팔을 휘적, 휘적거리다가
팔춤을 추면
날짐승들이 퍼덕, 퍼덕거리지
그 다음에는 누군가가
손가락을 까닥, 까닥거리다가
손춤을 추면
집짐승들이 와글, 와글거리지

내색

경기도 농민들은
논에 심은 모와 밭에 심은 고구마 순이
다 싱싱하여 기뻐도
경기도에 봄부터 자주 비가 내린 덕분이라 여겨
내색하지 않는다

황해도 농민들은
논에 심은 모와 밭에 심은 고구마 순이
다 시들어 걱정돼도
황해도에는 비가 내리지 않았기 때문이라 여겨
내색하지 않는다

내색해봐야
늦봄과 초여름 사이
비 오는 현상과 비 오지 않는 현상은
경기도 농민들과 황해도 농민들
개개인의 잘잘못이 아니므로

피차 속사정을 헤아리지 못한다

경기도에 풍년이 들면
경기도 농민들은 너무 배부른 나머지
황해도 농민들이 굶주린다는 소식을 믿지 못하고
황해도에 흉년이 들면
황해도 농민들은 너무 굶주린 나머지
경기도 농민들이 배불리 먹는다는 소식을 믿지 못한다

잠결

어느 지방에
밤마다 집 앞까지 흘러온 물소리를
잠결에 듣고는
낙동강 물소리인지 두만강 물소리인지
알아듣는 귀를 가진 주민이 한 사람 있다면
그곳은 살 만한 마을이니
낮에 이웃들이 모여서
그 물소리가 어제와 오늘 어떻게 다른지
물어보겠지

서울 지방에 사는 나는
밤이 깊으면 머리맡까지 흘러온 물소리를
꿈결에 듣기도 하는데
그 주민이 어느 지방에 있는지 알아낸다면
낮에 핸드폰을 건 다음에
많고 많은 의성어 가운데 고르고 골라
물소리를 잘 표현해서

낙동강 물소리인지 두만강 물소리인지
물어봐야지

그러면 그 주민은 이웃들에게도 나에게도
이렇게 대답할 수 있겠지
어제도 낙동강물 두만강물 출렁거리는 소리가 같았고
오늘도 낙동강물 두만강물 출렁거리는 소리가 같다, 고
그러면 다들 귀이개로 귀를 후비되
기뻐하는 이가 있을 수도 있겠고
슬퍼하는 이가 있을 수도 있겠지

대필가와 기록자

어느 먼 뒷날 기차 타고 여행하다가
옆자리에 앉은 한 주민과
시시껄렁한 농담을 주고받다가
그는 북한 출신 농부라는 걸
나는 남한 출신 시인이라는 걸
서로 알고는 그가 나에게
풀을 매다가 산을 바라볼 때면
밭고랑이 산 위로 올라가더라거나
알갱이를 거두다가 마을을 바라볼 때면
밭두둑이 마을 쪽으로 몰려가더라는
이런저런 느낌을 풀어놓는다면
나는 기꺼이 받아 적은 후
문장을 만들고 다듬어놓겠다

어느 먼 뒷날 근린공원 산책하다가
한 주민과 나란히 걷게 되어
수인사하다가 말동무가 되어서

그는 북한 출신 노동자라는 걸
나는 남한 출신 시인이라는 걸
서로 알고는 그가 나에게
이 도시를 건설하는 데 참가했는데
낯선 사람들이 모여 살도록 세웠다고
이 동네를 조성하는 데 한몫했는데
좋은 이웃들이 생겨나도록 만들었다고
시시콜콜 자랑한다면
나는 기꺼이 받아 적은 후
문장을 만들고 다듬어놓겠다

어느 먼먼 뒷날 어느 먼먼 뒷날
우연히 그 원고를 읽는 주민들 모두
저마다 자기 이야기라고 목소리를 높이면 좋겠다

인편

지난해 강화에서 감나무가 해거리하였다
지난해 개풍에서도 감나무가 해거리하였을까
강화 사는 내가 궁금해했는데
개풍 사는 누구도 인편이 없는지 소식 전해오지 않았다

올해 강화엔 산수유가 꽃 활짝 피우지 않고 있다
올해 개풍에도 산수유가 꽃 활짝 피우지 않고 있을까
강화 사는 내가 궁금해하고 있는데
개풍 사는 누구도 인편이 없는지 소식 전해오지 않고 있다

지난해 강화에선 앵두나무가 앵두 알알이 열었을까
개풍 사는 누군가가 궁금해했을 텐데
지난해 강화에선 앵두나무가 앵두 알알이 열었어도
강화 사는 나는 인편이 없어 소식 전하지 못했다

올해 강화에선 탱자나무가 탱자 투두둑 떨어뜨릴까
개풍 사는 누군가가 궁금해할 텐데

올해 강화에선 탱자나무가 탱자 투두둑 떨어뜨릴 거라고

강화 사는 나는 인편이 없어 소식 전하지 못하고 있다

책

전후에 태어난 나는
육이오전쟁 전에 일어난 사건들에 관해서
책을 읽어서 안다
하지만 책에 쓰이지 않은 디테일이 있으니
현장에 있었던 주민들이 제각각
침을 뱉었는지 곁눈질했는지
고개를 돌렸는지 하는 점이다
또 책에서 찾을 수 없는 디테일이 있으니
사건들에 얽힌 한 주민이
아침마다 잠 깨우는 먼동을 싫어했는지
이불을 뒤집어쓰고 뒤척거렸는지
아내의 등 뒤에 누워서 타살을 느꼈는지 하는 점이다
그리고 책을 덮고 나면
사건들을 봤던 주민이 본 그대로 제 자식에게 전했는지
사건들에 얽혔던 주민이 겪은 그대로 제 자식에게 전했는지
나는 궁금해지지만 그것에 답해주는 책이 없다
수치스럽고 창피하고 무력했던 경험을

자식에게 고백하는 부모가 없다는 걸
이제 부모 된 나의 심정에 비추어서
그 주민들의 심정을 추측해볼 뿐이다
전후에 태어난 내가
육이오전쟁 후에 일어난 사건들에 관해서
책을 집필해야 한다면 기승전결은 물론,
주민들이 퍼뜨린 자질구레한
말실수나 뜬소문도 찾아 덧붙여놓겠다

전후 출생

육이오전쟁 후에 김포에서 태어난
그가 가보지 못한
개성은 그때부터 출입 금지된 도시다

육이오전쟁 후에 개성에서 태어난
그녀가 가보지 못한
김포는 그때부터 출입 금지된 도시다

그 도시에 굳이 다녀와야 하는 이유가
전후에 태어난 그와 그녀에게는 없다
다만 전전(戰前)에는
개성 사람들이 김포로 쌀을 사러 갔다가
한강물 잔물결 바라보며 시름을 씻고 돌아왔다고 하고
그래서 주민들은 맛있는 쌀을 먹었다고 하고
김포 사람들이 개성으로 인삼을 사러 갔다가
송악산 산봉우리 바라보며 시름을 내려놓고 돌아왔다고
하고

그래서 주민들은 좋은 인삼을 먹었다고 한다

둘 다 갱년기에 접어들어 입맛도 밥맛도 없는 차에
그는 꼭 개성 인삼을 먹고 싶지도 않으니
개성에 가고 싶지도 않고
그녀는 꼭 김포 쌀을 먹고 싶지도 않으니
김포에 가고 싶지도 않다
전후에 태어나 한번도 가보지 못한
개성과 김포에는 둘 다 보고 싶은 풍경이 없다

구음

답답해서 말을 하고 싶은데 할 수 없을 때
쓸쓸해서 노래를 부르고 싶은데 부를 수 없을 때
북한 산촌 주민 리영희 씨(여, 34세)는
바람벽 얇은 집 안에 틀어박혀 구음을 해서
산봉우리가 내려오는 골짝을 불러들이고
단풍 든 잎을 터는 나무도 불러들이고
계곡에 물을 흘려보내는 돌도 불러들였고,
북한 농촌 주민 리영희 씨(여, 34세)는
처마 무너진 집 안에 틀어박혀 구음을 해서
두렁을 슬금슬금 벌판에서 불러들이고
바람을 설렁설렁 공중에서 불러들이고
잡풀을 살짝살짝 마당에서 불러들였다
두 리성희 씨가 각각 할 말과 부를 노래를
그것들에게 대신하게 하니
말뜻과 노랫가락을 알아듣지 못하는
이웃들이 실성했다고 여겨 쳐다보지도 않았다

같은 날 같은 시간 같은 이유로
남한 지방 도시 주민 이영희 씨(여, 34세)는
시끄러운 다리 아래 천변에서 구음을 해서
아스팔트를 잡아당기는 파열음을 불러 모으고
아파트 단지를 흔드는 잡음을 불러 모으고
산책로를 채운 소음을 불러 모아서
제 할 말과 부를 노래를
그것들에게 대신하게 하니
말뜻과 노랫가락을 알아듣지 못하는
이웃들이 실성했다고 여겨 쳐다보지도 않았다

동승

내가 서울에서 지하철 타고 가다가 둘러보면
얼굴 아는 승객이 아무도 없다
그들과 같이 서울에서 산다는 것 말고는
남남이다
네가 평양에서 지하철 타고 가다가 둘러보면
얼굴 아는 승객이 아무도 없다
그들과 같이 평양에서 산다는 것 말고는
남남이다
그런 식으로 말하면
서울 사는 나와 평양 사는 너는
말할 것도 없이 남남이다
그래도 나와 네가
같은 시간대에 다른 지하철을 타고
각각 직장에 출퇴근할 때
남들도 전후좌우에서
얼굴 아는 승객이 아무도 없다고 여기며
각각 직장에 출퇴근한다고

나와 너는 믿는다
그래서 나의 직장과 너의 직장에서
업무 제휴를 협의하는
약속 일자와 약속 장소를 잡아주면
얼굴 아는 승객이 아무도 없는 기차를 타고
나는 서울에서 사는 그들과 함께 서울을 떠나고
너는 평양에서 사는 그들과 함께 평양을 떠난다

복숭아

림선희 씨(여, 당시 22세)는 돈을 벌어
부모 형제에게 보내려고
복사나무에 복사꽃이 피던 날
두만강을 건넜다가
복사나무에 복사꽃이 지기도 전에
한족 사내에게 붙잡혀서
조선족 중년사내에게 팔려갔다

어떤 한족 농부에게 팔려와 강제로 결혼한
어떤 북조선 처자가 도망치다가 붙잡혀
치마 벗겨진 채 끌려다니는 광경을 보며 웃던
조선족 중년 사내를 본 뒤로
림선희 씨도 날마다 틈만 노렸다

복사나무에 복사꽃이 피던 날
림선희 씨는 몰래 길을 나섰다가
복사나무에 복사꽃이 지기도 전에

다시 다른 한족 사내에게 붙잡혀서
다시 다른 조선족 중년 사내에게 팔려갔다

조상이 일제시대 때 조선에서 건너왔다지만
조선족 중년 사내 두 명과 강제로 동거했던
림선희 씨가 십여 년간 시도한 끝에
마침내 복사나무에 복숭아가 열릴 무렵 한국에 들어와
북조선 탈출 중에 겪은 이 이야기를 했을 때
귀 기울여 듣는 사람은 별로 없었다

산책 시간

한강에 어스름이 내릴 무렵,
둔치 운동장에 조명등이 켜지면
동네 아주머니들이 모여 에어로빅을 한다
산책하러 나온 내가
그 광경을 바라보다가
대동강 둔치에도 운동장이 있는지
조명등이 켜지는지
동네 아주머니들이 모여 에어로빅을 하는지
그 광경을 상상하다가
걸핏하면 남한과 북한을 동시에 생각하는
나의 사고방식이 비정상인지 의문한다

대동강에 어스름이 내릴 무렵,
산책하러 나온 내 나이쯤 된 남자가
둔치에 서 있는 나무들이 뿌리를 뽑아 들고
강물 위를 걸어 다니며 물소리를 낼 때
그 광경을 바라보다가

한강 둔치에 서 있는 나무들도 뿌리를 뽑아 드는지
강물 위를 걸어 다니며 물소리도 내는지
그 광경을 상상하다가
걸핏하면 북한과 남한을 동시에 생각하는
자신의 사고방식이 비정상인지 의심할지도 모른다

강에 어스름이 내리기 시작하면
남한에서도 북한에서도 강변에 나가
마음대로 보고 마음대로 상상하는 건 인지상정이라고
서로 전할 수 있는 시간이 올 것이다

뜬소문

강화 주민들은 배추씨를 뿌리는 동안
개풍 주민들이 뿌리든지 말든지
전혀 개의치 않고
개풍 주민들은 배추씨를 뿌리는 동안
강화 주민들이 뿌리든지 말든지
전혀 개의치 않는다

소복소복 싹들이 올라오면
다문다문 솎아내어서
강화 주민들은 던져 버린다는
개풍 주민들은 씹어 먹는다는
뜬소문조차 피차 듣지 못한다
축 처진 배춧잎이 결구하도록
빙 끈을 돌려 묶어주고 나서
강화 주민들은 일체 손대지 않는다는
개풍 주민들은 수시로 뽑아 먹는다는
뜬소문조차 피차 듣지 못한다

강화 주민들은 배추를 거두는 동안
개풍 주민들이 적게 거두든 말든
전혀 알려고 하지 않고
개풍 주민들은 배추를 거두는 동안
강화 주민들이 많이 거두든 말든
전혀 알려고 하지 않는다

바람 소리

북한에서도 남한에서도
바람 소리를 좋아하는 아이는
바람 소리를 좋아하는 성인으로 자란다

아이 때
혜산에서 연날리기할 수 있으면
김포 와서도 연날리기할 수 있고
김포에서 팔랑개비를 돌릴 수 있으면
혜산 가서도 팔랑개비를 돌릴 수 있으니
성인이 되어서는
혜산에서 보던 북풍을
김포 와서도 보고
김포에서 보던 남풍을
혜산 가서도 본다

그리하여 머리칼이 흔들려도
산등성을 넘어온 바람인지

소나무를 스쳐온 바람인지
너덜겅을 지나온 바람인지
북한에서도 남한에서도
잘 가려듣곤 바람 소리를 즐긴다

물수제비와 물찰찰이

육이오전쟁이 끝난 지
십 년도 채 안 되던 시절,
남한에서도 북한에서도
동네 사내애들이 산으로 들로 쏘다니다가
도랑을 거슬러 못 앞에 서면
돌을 주워 물 위로 던졌다
어떤 애가 퉁, 한 번 튀길 땐
나무들이 쓰러지고
어떤 애가 퉁, 퉁, 두 번 튀길 땐
산봉우리가 무너지고
어떤 애가 퉁, 퉁, 퉁, 세 번 튀길 땐
구름이 흩어지더니
모조리 잠깐 물속에 숨어 있다가
재빨리 제자리 제 모양으로 돌아갔다
그렇게 놀며 꿈을 키우던
동네 사내애들이 다 자라서 군대 갔다 온 뒤
남한에선 모두가 출향하여 늙어버렸지만

북한에선 대다수가 귀향하여 늙어버린

지금도 수시로 못 앞에 서서

돌을 주워 물 위로 던질 것만 같다

배가 고플 땐

통, 한 번 튀겨 나무를 쓰러뜨리며 입 앙다물 것 같고

일하다가 쉴 땐

통, 통, 두 번 튀겨 산봉우리를 무너뜨리며 눈감을 것 같고

바깥세상이 궁금할 땐

통, 통, 통, 세 번 튀겨 구름을 흩어뜨리며 소리칠 것 같다

또래의 남한 남자들도 마찬가지일까, 생각들 땐 풍덩, 내던질

것 같다

명상가

서울 변두리에 살고 있는 나는
달 뜬 밤이면 처마 아래 나앉아
그를 생각한다, 시방
그가 짓는 표정이 내가 짓는 표정과 비슷한지
그가 하는 몸짓이 내가 하는 몸짓과 같은지
그가 내는 음성이 내가 내는 음성과 다른지

평양 변두리에 살고 있을 그도
달 뜬 밤이면 의자에 앉아
나를 생각할 것이다, 시방
나의 뒤통수가 자신의 뒤통수를 닮았는지
나의 허리가 자신의 허리만큼 굵은지
나의 발자국이 자신의 발자국에 포개지는지

그와 나는 한번도 만난 적이 없어
눈을 뜨면 보이지 않고
눈을 감으면 떠올리게 된다

피차 가보고 싶은 도시가 있으면
그곳엔 반드시 자신과 닮은 사람이 있으려니 싶어
달 뜬 밤에 의자에 앉아 있으면
어둠이 깊어져서 달이 오래 떠 있다, 밤마다
평양 변두리에서 달을 바라보는 사람을 그리고 나는 믿고
서울 변두리에서 달을 쳐다보는 사람을 나라고 그는 믿을
것이다

녹음

양식이 모자라면 개풍 주민들이
잎사귀도 열매도 껍질도 다 먹을 수 있다는 걸
강화 주민들은 알기에
개풍에 녹음이 보이지 않으면 얼굴이 어두워질 것이다

양식이 모자라면 강화 주민들이
잎사귀도 열매도 껍질도 다 먹을 수 있다는 걸
개풍 주민들은 알기에
강화에 녹음이 보이지 않으면 얼굴이 어두워질 것이다

개풍 주민들이 강화에 와서 개풍을 바라본다 해도
강화 주민들이 개풍에 가서 강화를 바라본다 해도
그 점은 마찬가지겠지만
개풍 주민들과 강화 주민들이 한 해 동안
집과 논밭과 길을 바꾸어서 사용해 보게 하면
박토 되는 법과 옥토 되는 법을 알게 될 것이다

그러고 나서 풍작을 이루면 개풍에서든 강화에서든
나뭇잎도 열매도 껍질도 다 놔두게 될 터이므로
누구라도 녹음을 보고는 얼굴이 환해질 것이다

자금

남한 주민들과 북한 주민들은
더도 말고 덜도 말고
각각 살림살이에 맞게 돈을 내서
자금을 만드는 거다

남한 가축들과 북한 가축들은 이를테면
닭들이 달걀을 많이 낳아서 내게 하고
개들이 강아지를 많이 낳아서 내게 하고
소들이 송아지를 많이 낳아서 내게 해서
현물을 자금으로 받아들이는 거다

남한 식물들과 북한 식물들은 이를테면
수련들이 연꽃을 전국적으로 피워서 내게 하고
매실나무들이 매화를 전국적으로 피워서 내게 하고
소나무들이 송화를 전국적으로 피워서 내게 해서
현물을 자금으로 받아들이는 거다

남한 동물들과 북한 동물들은 이를테면
새들이 허공에 비행로를 만들어 내게 하고
오리들이 물에 수로를 만들어 내게 하고
두더지들이 땅속에 터널을 만들어 내게 해서
현물을 자금으로 받아들이는 거다

남한 주민들과 북한 주민들은
그 자금을 가지고
가축들과 식물들과 동물들과 자신들과 연관된
회사를 세우고 공장을 짓고 기타 등등 사업을 벌여서
각각 살림살이에 맞게 벌어 쓰는 거다

면면 面面

어떤 이가
이곳저곳 번갈아 눈 돌리며
눈썹에 햇빛을 얹고 있다면
안동 주민인지 강계 주민인지
의문하지 않아도 된다
안동에서도 강계에서도
자신의 자리를 찾아가려는 이는
똑같이 눈 돌린다

어떤 이가
여기저기 번갈아 귀 기울이며
귓바퀴에 바람 소리를 모으고 있다면
광양 주민인지 삭주 주민인지
의문하지 않아도 된다
광양에서도 삭주에서도
자신의 목소리를 들으려는 이는
똑같이 귀 기울인다

처음 그들과 따로따로 만났을 때
자신의 자리를 같이 찾아가자고 청했을 뿐
자신의 목소리를 같이 듣자고 청했을 뿐
나의 거주지와 육성을 의문하지 않았으므로
내가 햇빛과 바람 소리로 얼굴을 덮자
안동 주민과 강계 주민은 안동과 강계에 있지 않으면서도
광양 주민과 삭주 주민은 광양과 삭주에 있지 않으면서도
절박한 얼굴을 했다

떼

의주의 시골 동네에 사는
김해성 씨(남, 33세)는
봄날 어린 아들과 손잡고
산모롱이를 돌아가서
해진 겨울옷을 벗고
찬 개울물 속으로 한 발 한 발 들어가 앉아
소름이 오소소 돋아도 참으며
묵은 때를 불렸다

봄날 서울의 목욕탕에서는
김해성 씨(남, 75세)가
열탕에 들어가 눈을 지그시 감고
전쟁통에 떠나왔다가 귀향하지 못한
의주의 시골 동네에 살았을 적에
젊은 아버지와 손잡고
산모롱이를 돌아가서
해진 겨울옷을 벗고

찬 개울물 속으로 한 발 한 발 들어가 앉아
소름이 오소소 돋아도 참으며
묵은 때를 불리던 모습을 떠올렸다

그날 밤 개운한 몸으로 잠자리에 누웠으나
의주의 김해성 씨는 자라는 아들이 걱정되어서
서울의 김해성 씨는 돌아가신 아버지가 그리워서
단잠을 자지는 못했다

헌책

강화 농가에 모아둔 수천 권의 책을
나는 폐지 수집하는 이웃에게 줘버렸다
습작기부터 사들인 책과
근래까지 기증받은 책들이었다

개풍 농가에 시를 습작하는 한 주민이 있어
책 사볼 형편이 안 된다는 소문을 들었다면
나는 시집들만 골라 보낼 수 있는지 알아봤을 테지만
어쩌면 그런 시집들을 이미 다 읽었는지도 모르겠고
아예 읽지 않고도 시를 잘 쓰고 있는지도 모르겠지만
개풍에 가보지 못한 나는 시를 습작하는 그를 모르고
강화에 와보지 못한 그는 시집들을 버린 나를 모른다
내가 개풍 농가에 그가 머문다는 걸 알았다면
그가 강화 농가에 내가 머문다는 걸 알았다면
개풍과 강화가 마주 보이는 갯가에 나가
서로 큰소리로 자작시를 낭송했을지도 모르고

서로 독후감이 들려올까봐 귀를 세웠을지도 모른다

내가 읽은 수천 권의 책을
책장에서 과감하게 들어내 버린 것은
머리와 가슴에 들어오지 않은 내용에
사로잡히지 않기 위해서였고
폐지 수집하여 먹고사는 이웃이
무게 많이 나가는 책들을 보면 반색하므로
자존심을 상하지 않도록
도와줄 길이 그뿐이어서였다

밤나무

남북 주민들이 서로
북한에서 하는 일을 알려하지 않고
남한에서 하는 일을 알려하지 않아도
밤나무들은 교류한다

북풍이 불면
북한 밤나무들은 꽃향기를 날려서
남한 밤나무들에게 전한다
북한 주민들이 논일 밭일 하다가
쳐다보며 코를 벌렁거리기에
꽃잎 활짝 벌렸다는 소식을……
그러면 남한 밤나무들은
더욱 꽃잎 화알짝 벌렸다가 닫는다

남풍이 불면
남한 밤나무들은 꽃향기를 날려서
북한 밤나무들에게 전한다

남한 주민들이 논일 밭일 하다가
냄새 맡으며 입을 비죽거리기에
꽃잎 활짝 벌렸다는 소식을……
그러면 북한 밤나무들은
더욱 꽃잎 화알짝 벌렸다가 닫는다

남북 주민들은 저마다
북한 밤나무들이 밤송이를 많이 달고 있어도
남한 밤나무들이 밤송이를 많이 달고 있어도
큰일로 취급하지 않고
자신들의 생업과는 무관하게 여겨
그늘에 들지 않고 자신들의 일에만 몰두한다

부탁

의정부 주민들이 철원쯤에 단풍놀이하러 왔다가
북쪽으로 불어가는 바람에게,
행여 남쪽에 단풍이 잘 들었는지 걱정하는
황주 주민들이 있거든
은행나무가 노랗게 단풍 잘 들었으니
너무 걱정들 하지 마시라는 뜻으로
낙엽을 이리저리 흩날려달라, 고
부탁할 땐 미안해하지 않아도 좋다고
나는 생각한다

개성 주민들이 장단쯤에 꽃놀이하러 왔다가
남쪽으로 날아가는 새에게,
행여 북쪽에 꽃이 잘 피었는지 걱정하는
양주 주민들이 있거든
진달래가 붉게 잘 피었으니
너무 걱정들 하지 마시라는 뜻으로
하늘을 여러 번 선회해달라, 고

부탁할 땐 미안해하지 않아도 좋다고
나는 생각한다

내가 안부를 직접 전할 수 없으니
구름이라든가 노을이라든가 별이라든가
남북을 다 내려다볼 수 있는 사물들에게,
의정부 주민들과 개성 주민들이
단풍과 꽃을 너무너무 걱정하다가는
정작 만나서 물어봐야 할 때가 오면
몸이 상하여 못 만날 수도 있으니
마음들 놓으시라, 고
혼잣말로 부탁하는 걸
나는 전혀 미안해하지 않는다

일출 일몰

해가 뜨는 시각에 잠을 깬다는 주민들이
원산에도 있고 포항에도 있다
이 주민들은 대체로 조금 더 이불 속에 누워서
어제 한 일을 떠올려보며
오늘 일어날 일을 짐작한다
원산 주민들도 포항 주민들도
해에게 눈을 맞추며 집을 나설 때엔
일진이 좋기를 바라지만
서로들 그런 마음을 알지 못한다

자신들이 잠을 자는 시각에 해가 진다는 주민들이
남포에도 있고 인천에도 있다
이 주민들은 대체로 조금 더 밖에 머물면서
오늘 한 일이 매듭지어지지 않으면
내일 계속하려고 채비해둔다
남포 주민들도 인천 주민들도
해에게 눈을 맞추며 집으로 돌아올 때도

환하게 밝아 길일이었다고 여기지만
서로들 그런 상태를 알지 못한다

그 까닭은 해가 컴컴해지려고 햇빛을 마구 쏟아내느라
이쪽저쪽에 소식 전할 정신이 없어서라고 할 수도 있지만,
실은
원산 주민들도 포항 주민들도 해가 뜨는 시각을
남포 주민들도 인천 주민들도 해가 지는 시각을
염두에 두고 지내지 않으면 안 되는
힘겨운 속사정이 있어서다, 알면서도 묻어두는……

아이디어

평생 동안
북한에 대하여 남한에서
남한에 대하여 북한에서
어떤 주민은 적으로 알고 분개했고
어떤 주민은 고향이라서 그리워했고
어떤 주민은 합쳐야 할 땅으로 알았다

모두들 살아남기 위해
많이 생각하면서
각자의 입장을 택했겠으나
하루하루 연명하기도 어려웠던
부류의 사람들은 그것이
당장에 밥과 옷과 집을 마련할 수 있는
아이디어가 아니었으므로
아무런 관심도 가지지 않았다
날마다 쓸쓸하고 슬펐던
부류의 사람들은 그것이

봄에 움이 햇빛을 모으게 할 수 있는
여름에 바람이 그늘을 끌어오게 할 수 있는
가을에 단풍이 숲을 옮기게 할 수 있는
겨울에 산봉우리가 눈보라를 일으키게 할 수 있는
아이디어가 아니었으므로
아무런 관심도 가지지 않았다

어떤 주민들은 남한과 북한에 가서
번갈아 서로 확인하지도 못하고
각자의 입장만 지켜 억울하기도 했을 텐데
그 사실조차 모르고 죽기도 했다

키

운동을 해서 장딴지가 단단해졌니?
함북 시골에선 이렇게 묻지 말아야 하는
아이들이 많다는 소문이 떠돈다

자전거 페달을 밟을 수 있니?
함북 시골에선 이렇게 물어도 안 되는
아이들이 많다는 소문이 떠돈다

삼시 세 끼 잘 먹는 경북 시골에선
아이가 키를 키우려고
다리운동을 하거나 자전거를 타고 난 뒤
저녁에 아빠와 등을 맞대고 서서
키를 재보기도 하는데
삼시 세 끼 잘 먹지 못하는 함북 시골에선
아이가 기운 하나도 없어
다리운동도 못하고 자전거도 못 타니
저녁에 일찌감치 누워 잠을 자느라

아예 아빠와 키를 재보지 못하겠다

함북 시골 아이들이나 경북 시골 아이들이나
봄에 팔 뻗어 목련꽃을 딸 수 있을 만큼
가을에 장대 들지 않고 밤을 딸 수 있을 만큼
키다리가 아니기는 마찬가지겠지만
그 또래들의 키가 너무 차이난다면
삼시 세 끼 때문인 것은 소문일 수 없겠다

잠자리

어느 날 저녁에 채널을 돌리다가
나는 우연히 북한 사람이 나오는
뉴스도 보고 다큐멘터리도 봤다

뉴스에서는 뉴욕에서 열린
북미 회담에 참가한 유들유들한 북한 외교관이
카메라를 향해 여유만만하게 웃으며
고급승용차를 타고 있었고
다큐멘터리에서는 시베리아 벌목장에
강제로 동원된 초췌한 북한 벌목공이
카메라를 피하여 황급히 얼굴을 숙이고
낡은 집 안으로 들어가고 있었다

내가 가서 할 수 있는 일이 별로 없는
두 국가에서 조국의 이익을 위해
저마다 일하는 두 북한 사람을
뉴스와 다큐멘터리에서 본 뒤

북한에서 태어난 외교관과 벌목공의 운명을 비교해보다가
내가 남한에서 그들과 관련해서 할 수 있는 일이
텔레비전 시청뿐이라는 사실에 서글퍼하다가
다음날 일찍 직장에 출근해야했으므로
그 문제를 더 고민하지 않고 잠자리에 들었다

먼동

강화에서 나는
아침에 잠자리에서 일어나기 싫어하다가
개풍에서 누군가도
아침에 잠자리에서 일어나기 싫어하겠다는
상상을 한다

내가 개풍 바닷가로 밀려가던 잔파도를 손가락질한 걸 미안
해하면
　누군가도 강화 바닷가로 밀려가던 잔파도를 손가락질한
걸 미안해할 것 같고
　내가 개풍 산자락에 일찍 애순 돋아내고 늦게 낙엽 떨구는
나무를 알려고 하면
　누군가도 강화 산자락에 일찍 애순 돋아내고 늦게 낙엽
떨구는 나무를 알려고 할 것 같고
　내가 개풍 들녘에 맛좋은 쌀이 나는지 궁금해하면
　누군가도 강화 들녘에 맛좋은 쌀이 나는지 궁금해할 것
같다

누군가에게 내가
이렇게 뒤척이며 잡생각 하는 나를 보여주고 싶으니
나에게 누군가도
그렇게 뒤척이며 잡생각 하는 자신을 보여주고 싶겠지
먼동이 강화와 개풍에 나누어 트이지 않으니
개풍 사는 누군가를 내가 상상하는 아침은
강화 사는 나를 누군가도 상상할 아침

봄나물 가을열매

봄철에
들길에서 나물 캐는 주민들 중에
남한에는
입맛 돋우려는 그가 있었고
북한에는
입맷거리 찾으려는 그녀가 있었다

가을철에
산길에서 열매 줍는 주민들 중에
남한에는
별미 맛보려는 그가 있었고
북한에는
빈속 달래려는 그녀가 있었다

그가 김포평야 들길에서
그녀가 연백평야 들길에서
나물 캐며 나물 캐며

봄 속으로 봄 속으로 들어갔는데
더 갈 수 없어
맛있는 나물 서로 바꾸어 먹지 못했다

그가 마니산 산길에서
그녀가 묘향산 산길에서
열매 주우며 열매 주우며
가을 속으로 가을 속으로 들어갔는데
더 갈 수 없어
맛있는 열매 서로 바꾸어 먹지 못했다

빨랫줄

지구에서도 남북에서도
저마다 집에
마당이 있으면 마당에
옥상이 있으면 옥상에
빨랫줄을 매단다

이 벽과 저 벽
이 기둥과 저 기둥
이 나뭇가지와 저 나뭇가지
이쪽저쪽 양쪽에 매달린 빨랫줄은
옷들이 널리면 팽팽해지고 걷히면 느슨해진다

지구에 남북에
옷 갈아입을 경사가 자주 생겨서 빨랫감이 많으니
집집마다 주민들이
전기선이나 나일론 끈을 가지고 나와 이어 매달아서
세상에서 가장 긴 빨랫줄이 된다

지구에서라면 국경선을 능가하는
남북에서라면 휴전선을 능가하는
그 빨랫줄에 각국 주민들 모두 옷을 빨아 넌 뒤
다 마를 때까지 줄지어 마주앉아 시시덕거리자
햇볕도 잘 내리고 바람도 잘 분다

점심시간

내가 서울 식당들 찾아 들어가면
너는 평양 식당들 찾아 들어갔다
식당마다 밥맛이 다르고 손맛이 달라서
주인장에게 묻거나 주방장에게 물을 때
나는 꼭꼭 씹다가 우물우물 삼키기도 했고
너도 꼭꼭 씹다가 우물우물 삼키기도 했다
식당마다 손님이 다르고 주문이 달라서
앞자리 흘낏거리거나 옆자리 흘낏거릴 때
나는 눈 치뜨다가 내리깔기도 했고
너도 눈 치뜨다가 내리깔기도 했다
식당마다 접시가 다르고 국그릇이 달라서
반찬 집거나 국물 떠먹을 때
나는 젓가락 탁탁거리고 숟가락 달그락거리기도 했고
너도 젓가락 탁탁거리고 숟가락 달그락거리기도 했다
나는 어느 서울 식당에서 점심 먹다가 눈 마주친 손님이
미국인이어도 눈웃음 웃곤 계속 먹었고
중국인이어도 눈웃음 웃곤 계속 먹었고

러시아인이어도 눈웃음 웃곤 계속 먹었고
일본인이어도 눈웃음 웃곤 계속 먹었고
너도 어느 평양 식당에서 그렇게 했다
내가 서울 식당들에서 우연히 합석했던 낯선 사람들을
어느 날 문득 떠올리며 모두 한 식당에서 합석할 수 있게
되면
양념과 간 맞추기에 관해 조금 의견을 나누고 싶어 했더니
너는 평양 식당들에서 우연히 합석했던 낯선 사람들을
어느 날 문득 떠올리며 모두 한 식당에서 합석할 수 있게
되면
양념과 간 맞추기에 관해 조금 의견을 나누고 싶어 했다

포토라인

남한에는 언론에 톱뉴스로 나오는 인물들이
너무 다양한 걸
북한에 사는 너는 모른다
기자들이 몰려들 사건이 많이 생기기에
당연히 포토라인이 있지만
나는 서본 적 없다

북한에는 언론에 톱뉴스로 나오는 인물들이
별로 없는 걸로
남한에 사는 나는 알고 있다
기자들이 몰려들 사건이 한정돼 있어도
포토라인이 있을 테지만
너도 서본 적 없겠다

남한에서 한 번쯤 플래시 조명을 받으려면
권력형 비리혐의자나 반사회적 피의자쯤 돼야 하는데
직장 출퇴근길에 가로수 잎을 보며 즐기는

나는 기회가 없다

북한에서 한 번쯤 플래시 조명을 받으려면
권력자나 노동영웅쯤 돼야 하는데
날마다 장마당에서 겨우 장사하는
너는 능력이 없다

구인

제때 제품이 만들어지지 않으면
김 사장은 벼른다
갓 온 동남아인들이 말귀 못 알아들어
부려먹기 힘드니
탈북자들 채용해야지

봉급날이 가까운 날이면
김 사장은 속생각한다
숙련된 동남아인들에게
임금 덜 주고 싶으니
북한으로 공장 옮겨가야지,

한국인들 찾아볼까,
김 사장이 그렇게 궁리할 때는
더운 곳에서 온 동남아인들이 저마다
날씨에 따라 체력이 달라질 때,
배급받다가 온 탈북자들이 서로

앞서려고 겨루지 않을 때,

김 사장은 사람 구해 쓰는 일로 변덕 부렸다

거짓말

김철민 씨(남, 43세)는 공장에 취직하려고 해도
탈북자라고 하면 외면당하기에
조선족이라고 자기소개를 한다

일제 때 만주로 건너갔다가 오가지 못한
조상을 둔 후손을
육이오전쟁 때 북한에 남았다가 오가지 못한
조상을 둔 후손보다
더 가깝게 여기는 남한 주민들을 만날 때마다
김철민 씨는 무조건 거짓말을 한다

북한에서도 살아남기 위해 별별 짓 다한
김철민 씨는 먹고살 수 있다면
조상을 북한인이 아니라
조선족이라고 바꾸어 말해도
남한 주민들이 거짓말을 쉽게 믿으니
자신의 잘못이라고 자책하진 않는다

김철민 씨는 탈북자라고 자기소개를 하면
좋을 땐 북한에서 온 동포라고 여기다가
나쁠 땐 적국에서 온 적쯤으로 취급하는
남한 주민들에게 사실대로 말할 순 없다

업간체조 시간

개성공단에 근무하는 리영숙 씨(여, 20세)는
업간체조 시간을 가장 기다린다
미싱 앞에선 한눈팔지 않지만
운동할 땐 짐짓 딴생각한다
동료들이 눈치채지 못하는 상상, 이를테면
간식으로 나온 초코파이를 더 먹고 싶은 날엔
남한에 가서 실컷 사먹는 광경을 그려보는 것,
그러다가 도리질하기도 하고
남한에서 또래들이 가지는 직업을 알고 싶은 날엔
인사성이 밝은 남자 직원에게 물어보는 것,
그러다가 곁눈질하기도 한다
업간체조 시간이 주어진 까닭을
노동 잘하라는 뜻으로 이해하는 리영숙 씨는
남한에서도 누군가
업간체조 시간에 팔다리를 움직이며
이런 자신을 상상할지도 모른단 딴생각 또 하다가
나중에 그를 만나 그걸 확인하게 되면

개성공단에서 즐거운 인생의 시간을 보냈다고 말하고 싶다
팔다리 한 번 더 돌리고 나서
미싱 앞에 서면 팔뚝과 장딴지에 힘이 붙어도
자신이 박음질한 옷을 입어보지 못한 숙련공 리영숙 씨는
언젠가는 입어보고 싶다는 딴생각도
업간체조 시간엔 몰래 해볼 수 있어서 좋다

경영 이념

개성공단에 세운 남한 회사에서 근무하는
그는 반공 교육을 받고 자랐는데도
오래된 이념을 쉽게 접었다

나는 그런 그가 신통했다
이익을 만들어내기 위해서
노동자과 주주 사이에서
그는 경영을 잘하였다
이념도 경영도 학습된 것이므로
그저 선택하면 되는 것 같았다

나는 그런 그가 이상했다
북한에서 벌어지는 그 밖의 문제에
그는 아예 무관심하였고
나는 비즈니스에 끼어들 거리가 없었으니
도무지 이해할 기회가 없었다

그는 궁금해하는 나에게 말했다
개성공단에 세운 남한 회사에서 근무하는 동안엔
외국 회사의 주문에 맞추어
오로지 생산하게 하는 일이 자신의 경영 이념이라고

한 끼

내가 한 끼쯤 걸러도 거뜬했던 젊었을 적엔
북한을 탈출하는 주민들이 보이지 않았다
조국이 원하는 대로
자신이 믿어온 사상대로
살아가고 있다고 의심치 않았다

어린아이 때부터
사상을 학습하며 자란 북한 주민들은
평생 의식주를 보장하는
조국을 배신할 수 없다고
내가 말한 적도 있지만
굶어 죽는 북한 주민들이 즐비하다는
소식을 들은 후로는
조국도 사상도 밥보다 먼저일 수 없다고
수정해서 말했다

내가 한 끼라도 거르면 비루해지는 나이에 이르러서야

북한을 탈출하는 주민들이 보였다
평생 배불리 먹게 해주겠다고 서약했던
조국과 사상이 배고픔을 면하게 해주지 않는다면
당연히 버릴 수도 있다

북두칠성

북두칠성을 가리키며 약속한 적 없어도
자주 쳐다보는 사람들이 있다

육이오전쟁 때 월남한 김 씨는
남한에서 한담할 상대가 없을 때,
고난의 행군 때 탈북한 이 씨는
남한에서도 허기가 질 때,

육이오전쟁 때 북한에 남은 김 씨 가족은
더 이상 할 말이 없을 때,
고난의 행군 때 북한에 남은 이 씨 가족은
겨우 끼니를 때울 때,

그들이 제각각 북두칠성을 쳐다보는 건
밤마다 뜨는 수많은 별 중에서
자신이 찾기 쉬우므로
가족도 찾기 쉬울 거라 믿기 때문이지만

김 씨와 가족이 헤어지던 당시에도
이 씨와 가족이 헤어지던 당시에도
북두칠성만 빛나 보였기 때문이기도 하다

육로

언젠가 나도 열차 타고 중국이나 러시아에 가겠다
북한최고위층은 비행기나 배 놔두고
전용열차 타고 무정차로 달렸다고 했다
나는 그걸 두고
남한 사람들에게 북한 통과하지 않으면
중국이나 러시아에
절대로 갈 수 없다는 걸 보여주는
제스처라고 엉뚱하게 해석했다
지구 아무 데나 돌아다니고 싶은
나도 비행기나 배 놔두고
육로로 외국 여행할 궁리해 보던 날,
북한최고위층이 전용열차 안에서 죽었다는
속보 나왔다
훗날 내가 열차 타고 북한 통과할 수 있게 되면
북한최고위층이 다녔던 노선으로 환승해보겠다
그때는 역마다 정차하겠지
열차 안에서 북한인 여행자들 만나도

나는 그의 죽음에 대해서 일체 묻지 않고
중국인이나 러시아인 여행자들과
한판 놀자고 청하겠다

다락방

김소월을 외우던 초등학교 오륙학년 무렵이었던가
한하운을 외우던 중학교 일이학년 무렵이었던가
시골집에서 공부하기 싫어 숨은 다락방에서
무더기로 쌓인 책들을 발견한 그날부터
밥 먹고 나면 몰래 올라가 읽었다
언제나 느낄 만한 감정이 표현돼 있었고
어디서나 만날 만한 어른들이 등장하였다
윤동주를 외우고 이육사를 외우고
이상화를 외우고 한용운을 외우고
김수영과 신동엽을 편 나이가 되어서야
고향집 다락방에 무더기로 쌓여 있던 책들이
월북한 문학가들의 작품집이었다는 걸 알았다
한설야와 김남천과…… 그리고 그리고……
이용악과 오장환과…… 그리고 그리고……
왜 다락방에 그들의 책이 있었는지
조부모님에게도 부모님에게도
그땐 묻지 않아야 하던 시절이었다

어떤 시를 외우던 유신 무렵이었던가
누구 시를 외우던 5공 무렵이었던가
시골집으로 가서 다락방에 올라
책들을 다시 읽고 싶어졌을 때엔
월북한 문학가들의 후일담이 몹시 궁금하였지만
그땐 일체 알려고 해선 안 되던 시절이었다
이제 그들 모두 숙청당한 걸로 알려져 있는데
권력자가 단 한 사람의 문학가라도 처형했다면
그날부터 국가가 아니라고 말하고 싶은데
아직도 국경이 지켜지고 있다

장삼이사

자강도나 양강도 산골짝 어딘가에
오래전부터 임화 씨(남, 104세)가
아침이면 동터오는 등성을 바라보던
낮이면 문 앞에 쪼그려 앉아 해바라기하던
저녁이면 어스름에 잠겨 기침해대던
밤이면 홑이불 덮어쓰고 가위눌리던
강제수용소가 아직 있을 수도 있고
여러 차례 건물만 고쳐졌을 수도 있고
아예 장소가 바뀌었을 수도 있다고 한다

그 강제수용소에서 임화 씨가
봄날이면 양지를 찾아다니며 나물을 캐먹더라는
여름날이면 그늘에서 넋 놓고 앉았더라는
가을날이면 단풍 든 잎에 얼굴을 묻고 울더라는
겨울날이면 쥐를 잡으려고 노리더라는
소문이 나기도 했다고 하고
꿈꾸던 나라가 아니라고 부정한 말이 죄가 되어

꿈꾸던 나라엔 없을 강제수용소가 북한에는 있어
창졸지간에 갇혔다가 처형당했다는
풍문이 나기도 했다고 한다

같은 죄목으로 끌려왔던 장삼이사들이
잠시 임화 씨와 함께 지내다가
너무 늙은 그가 불쌍하고
너무 젊은 자신들이 억울하여
같이 탈출을 시도했다가 실패하는 바람에
더는 새로운 나라를 꿈꾸지 못하고
요즘도 강제수용소에서 연명하고 있을 수도 있다고 한다

뜬소문

젊어서 북한으로 간
이태준 씨(가명, 108세)를 기억하는
남한 주민들이 별로 없다

이태준 씨가 백수를 넘기면서
산비탈에서 괭이질하는 농민이 되어 있다 해도
직장에서 사업을 이끄는 지도원이 되어 있다 해도
요직에서 문장을 다듬는 문필가가 되어 있다 해도
작금 북한 주민들에게
쌀을 한 됫박씩 줄 수 있거나
휴식시간을 길게 줄 수 있거나
책을 널리 나누어 줄 수 있는
주요 인사일까

이태준 씨가 남한에 살았을 적에
모범생으로 대학을 졸업했다 할지라도
교도소에 갇힌 양심수였다 할지라도

거리에서 취재하는 기자였다 할지라도
작금 북한에선
제자들을 가르쳐 키우지 못하는
강제 수용소를 철거하지 못하는
북한을 탈출하는 이웃에 대해 쓰지 못하는
범인凡人이 아닐까

이태준 씨는 북한에서 아직도
옥수숫대가 흔들리면 바람을 느끼기도 하고
국경이 바라보이면 넘어가고 싶기도 하고
글을 쓰고 싶으면 사전을 뒤적이며 낱말을 고르기도 한다는
뜬소문이 도는데도
새 세상 만들자던 동지에게 배신당했다며 주먹 쥐고
자신이 원했던 새 세상과 다르다며 먼산바라기 하고
새 세상을 생각하지 않고 붓 꺾은 지 오래된다는
뜬소문이 도는데도
남한 주민들은 별 관심이 없다

병사 혹은 자연사

육이오전쟁 중에
나이 삼십 대 초반이었던 자신이
소거된 기록을 읽으며
오장환 씨(가명, 104세)는
이제 모습을 나타낼 때라고 생각한다

오랜 뒷날 월북한 시인들의 운명을 고발할 수 있고
새로운 국가의 실패담을 서술할 수 있는 필력이
오장환 씨에게 있다고 예단한 실력자들이
일찍 자신을 소거했다고 추측하는 오장환 씨는
여태까지 남한에도 북한에도 살아 있는데
아무도 알려고 하지 않아 서운하다

남한 주민이든 북한 주민이든
죽이고 죽을 수밖에 없는 육이오전쟁을
병이 들어 기피하였다는 이유로
병사로 처리되어 소거되었다고 믿는 오장환 씨는

이제 자연사하여 스스로를 소거하기 전에
낡은 시어와 느슨한 운율밖에 구사하지 못하더라도
이런 주제로 시를 써서 낭송하고 싶다
새로운 나라를 건설하려고 모인 시인들을
반동으로 몰아 숙청한 국가를 위해
차마 참전할 수 없었다, 는

세계의 공장

중국인 봉제 공장에서
젊은 처자들이
밥과 국만 먹고
한눈팔지 않고
재봉틀을 돌렸다

한족 처자들이 임금을 많이 주는
한국인 봉제 공장으로 빠져나간 바람에
중국인 봉제 공장에서 채용한
북조선 처자들이었다

북조선 처자들은
옷 한 벌 박을 때마다
고향에 계신 부모님한테
강냉이를 보내겠다고 다짐했는지는
당사자만 안다

주말도 휴일도 쉬지 않는
손재주 좋고 임금 싼
북조선 처자들이 박은 옷은
중국인 봉제 공장에서
여러 나라 옷가게로 팔려나갔다

한국인 봉제 공장 사장이
해외 여행하다가
그 옷 여러 벌 사 들고 돌아와서
재봉틀을 돌리는 한족 처자들에게
박음질 견본품으로 보여주었다

파트너

김석태 씨(남, 35세)는 한국에서
박기철 씨(남, 30세)는 북한에서
앙골라에 일하러 왔다
주민들이 가난한 나라인데도
초고층빌딩을 짓는 부자가 있어
뛰어난 기술자와 값싼 노동자들을
각기 다른 나라에서 모았다
설계 감리 쪽에는 포르투갈인
철근콘크리트 쪽에는 에디오피아인
전기공사 쪽에는 말레이시아인
냉난방공사 쪽에는 필리핀인
토목공사 쪽에는 한국인
잡일 쪽에는 북한인
분야별로 작업을 맡겼다
달마다 베트남 여자 미용사가 와서
그들의 머리를 깎아주고 이발료를 받아갔다
그들은 공동 작업하다가 의견이 다를 땐

공용어로 영어를 썼지만
상대방에게 불만을 내뱉을 때나
자신들만 알아야 하는 기밀 사항을 말할 땐
끼리끼리 모국어를 썼다
한국에서 온 중장비 기사 김석태 씨가
혼잣말로 씨부렁거리며 스트레스를 풀고 있으면
북한에서 온 잡부 박기철 씨가 알아듣고 씽긋, 웃으니
외국인 노동자들은 덩달아 씽긋, 웃었다

헌 옷

한국의 수도 서울에서
앙골라의 수도 루안다에 온
중장비 기사 김석태 씨(남, 35세)는
어느 일요일 낮에
변두리 동네를 어슬렁거리다가
공터에서 공을 차는 소년들을 보았다
몇이 물 빠진 붉은악마 셔츠를 입고 있기에
김석태 씨가 다가가서 한국국가대표 축구팀
응원단이 입던 유니폼이라고
짧은 영어에다 손짓 발짓해서 설명했다
소년들이 잠시 놀라워하다가
이내 신이 나서 뻥뻥 차댔다
우주라는 공터에서
지구라는 공이 돌고 있었다
소년들은 우주에서 저마다 중심을 잡고
이리 뛰어와서 구심력이 되었다가
저리 뛰어가서 원심력이 되었다가

서로서로 지구를 주고받았다
저물 무렵 숙소로 돌아온 중장비 기사 김석태 씨는
한국의 수도 서울 변두리 동네에 살 적에
골목 모퉁이 헌옷수거함 속에 쑤셔 넣었던
자신의 명찰이 달린 닳아빠진 작업복을
만약에 앙골라의 수도 루안다 변두리 동네 주민이 입고
내일 공사 현장에 출근하면 뭐라고 한 마디 하지? 생각했다

아르바이트

외국 어느 건설 현장에
배치된 북한 노동자 김성환 씨(남, 40세)가
몰래 돈을 조금 모아서 돌아가려고
남한 사장 최장호 씨(남, 40세)가 운영하는 공장에
밤이면 아르바이트하러 나온다고 했다

북한 노동자와 남한 사장이
피고용인과 고용인이 되는 동안,
감시에 걸릴까봐 겁난 북한 노동자 김성환 씨는
근무시간이 짧아지기를 바란다고 했고
시급을 더 주고 싶은 남한 사장 최장호 씨는
근무시간이 길어지기를 바란다고 했다

실재인지 뜬소문인지 모를 그 이야기를 듣고 나면
외국에서나마 서로에게 도움 되는 사이로 보여서
가슴이 흥건해지기도 하고
언젠가 관계 맺을 남북 주민의 축소판으로 보여서

마음이 씁쓰레해지기도 했다

내가 남한 노동자로
외국에 나갔다가 생활비 모자라
밤이면 아르바이트하려고
북한 사장을 만나러 갈 날이 온다면
가슴이 흥건해지기도 하고
마음이 씁쓰레해지기도 할까
그때에 북한 사장과 나는
근무시간을 늘이지도 줄이지도 않고
시급도 알맞게 주고받는
고용인과 피고용인이 되면 좋겠다

생수병

한국에서 온 건설 회사의
관리자 최재혁 씨(남, 45세)는
쿠웨이트 공사장에서 일한 지도
벌써 해를 넘겼다
더위 심한 여름철이든
모래 폭풍 부는 겨울철이든
생수병부터 챙겼다
언제부턴가
저쪽 공사장에서
젊은 잡부 한 사람이 곧잘
이쪽 공사장을 바라보는데
공교롭게도 최재혁 씨가
생수병을 들고 마실 때마다
먼 눈길이 마주쳤다
저쪽은 중국에서 온 건설회사가
관할하는 공사장이고
북한 노동자들이 막일을 한다고 했으니

그들 중의 한 사람이려니 여긴 최재혁 씨는
키 작은 그 젊은 잡부가 설마하니
목이 말라 생수병을 쳐다본다곤 생각하지 않고
자신들과 같이 일하고 싶어 한다고 넘겨짚었다

외국

남한 기술자 박수철 씨(남, 32세)는
북한말이 들리면
고개 돌려 살핀다
쿠웨이트에 파견 나와서
북한 노동자들을 처음 본 후로
궁금한 점이 많다
엇비슷한 나이에 해외에서
엇비슷한 목적으로 일하는 처지에
같은 한글을 쓰면서도
같이 이야기하지 못하는 게 답답하지만
각국 노동자들이 모여
각국 말로 소리쳐대는
쿠웨이트 공사장에서
북한말을 듣는다는 건 신기하다
어쩌다 어울리는 쿠웨이트 관리자들에게
북한 노동자들의 실력을 물어보면
모두 몸과 손이 빠르다고 대답한다

북한에서도 주민들이
농민이 되기보다 노동자가 되고
노동자보다 기술자가 되어 외국에 나와야
잘 먹고 잘 입고 잘 사나 보다고 생각하는
남한 기술자 박수철 씨도
할아버지는 농민이었고
아버지는 노동자였으나
자신은 기술자로 외국에 나와 있다

휴식

해외로 나온 북한 노동자들은
공장에 나가서는 작업대 앞에 앉아
모두 엇비슷한 표정과 동작으로 일하고
숙소에 돌아와서는 이부자리에 누워
각자 다른 표정과 동작으로 쉴까
신의주에서 온 노동자는 강처럼 뒤척거리고
사리원에서 온 노동자는 들처럼 들썩거리고
삼지연에서 온 노동자는 산처럼 움찍거릴까
각자 눈감거나 뜨거나 껌벅이면서
어렸을 적에 혼자 뛰어놀던 장면을 돌이켜보며
젊었을 적에 누군가와 말다툼하던 광경을 떠올려보며
그때 그랬던 사정을 이젠 알 수 없어 하면서
지금 해외에 나와 있는 자신을 기꺼워하다가
단잠에 빠져서 깰 때까지 그 모든 것을 잊을까
그러는 중에 살그머니 숙소를 빠져 나가
어디론가 사라졌다가 돌아오지 않는 노동자가 있어서
다음날 알고는 속으로 부러워하거나 겉으로 노여워하지만

모두 엇비슷한 표정과 동작으로 출근하였다가

휴식 시간이면 삼삼오오 모여 앉아 말없이 들여다볼까

신의주 출신 아닌 노동자들도 속에 품고 온 강이 뒤척거리는
지

사리원 출신 아닌 노동자들도 속에 품고 온 들이 들썩거리는
지

삼지연 출신 아닌 노동자들도 속에 품고 온 산이 움찔거리는
지

알돈과 덕담

북한에선 뒷돈 주고
외국에 일자리 얻어 나가면
알돈 모으기도 한단다

하루 일과 끝내고 나서
무얼 해서 벌 수 있는지
외국에 나가본 당사자만 알겠지만
대략 이러하단다
카타르 공사장에 간 주민은
다른 공사장에서 밤일하고
몽골 봉제 공장에 간 주민은
다른 봉제 공장에서 일감 받아서 하고
러시아 농장에 간 주민은
다른 농장에서 한 뙈기 빌려 농사일한다
물론 눈감아주는 감시원에게 뒷돈 준다
운 좋으면 한국인이 운영하는
공사장이나 공장이나 농장에서 몇 시간씩 일해

북한 주민에게 인정으로 쪼끔 더 얹어주는
시급 받기도 한다

이렇게 알돈 모아서
북한으로 돌아오면
장마당에서 장사하면서
남들한테 출세했다는
덕담 듣기도 한단다

봉급

외국에 나와 일하는 북한 노동자들이 받는 봉급에서
북한 당국이 강제로 많이 뗀다고들 한다
그래서 북한 노동자들이 만든 물건을 많이 사 쓸수록
북한 당국에 돈이 많이 돌아간다고들 비약한다

그런 뉴스나 칼럼을 접할 때마다
하루 일과를 마치고 잠자리에 든
북한 노동자들의 입장을 상상해본다
그들은 사람이기 때문에 그 중
어떤 이는 잘살아본 적 없으므로 잠자코 있을 수도 있고
어떤 이는 가족을 위해 오래 벌고 싶어 할 수도 있고
어떤 이는 자신의 능력을 알기에 만족할 수도 있고,
그리고 어떤 노동자는 분노할 수도 있다
다만 더 많은 이익을 만들어내는 노동을 한다면
당연히 더 많은 봉급을 받아야 한다는 사실만은 분명하지만
불만을 품기보단 그저 쉬고 싶어 두 눈을 질끈 감을 것이다

외국에 나와 일하는 북한 노동자들이 많아질수록
북한 당국이 봉급에서 강제로 떼는 돈도 많아진다고 하더라
도
아무려나 그럼에도 불구하고
자유롭게 직장을 선택하는 외국인들을 두루두루 보고
북한으로 돌아가는 노동자들이
점점 늘어나는 것이 대단히 중요하다고들 한다

소식통과 상상력

한국에서 시 쓰는 나에게는
각국 노동자들이 북한 노동자들과 함께 일할 적에
무더운 날 앙골라에선 물을 나눠 마셨다는
추운 날 루마니아에선 난로 곁을 비켜주었다는
비 오는 날 미얀마에선 우산을 빌려주었다는
그런 소식을 전해주는 소식통이 없다

나는 상상력으로 이런 문장을 쓴다
앙골라 노동자는 북한 노동자에게 물병을 건네며
북한에선 무더우면 언제든지 물을 마실 수 있느냐?
루마니아 노동자는 북한 노동자에게 난로 곁을 비켜주며
북한에선 추우면 얼마든지 난로를 쬘 수 있느냐?
미얀마 노동자는 북한 노동자에게 우산을 같이 쓰며
북한에선 비 오면 누구한테든 우산을 빌려 쓸 수 있느냐?

한국 밖에서 일어나는
각국 노동자들과 북한 노동자들 간의 사건에 관하여

나는 알고 싶어도 도무지 알 길이 없다
소식통을 가지지 못한 내가
상상력으로 슬쩍 그들에게 다가가면
낯설어하는 이도 있고 반가워하는 이도 있다

형제

한족의 플라스틱 가공 공장에 다니던
조선족 최수철 씨(남, 25세)가
봉급을 더 많이 받으려고
한국의 플라스틱 가공 공장에 취직해 떠났다

조선족 최수철 씨의 동생이
빈자리에 지원했으나 뽑히지 못했고
봉급이 더 싼 북한에서 온 노동자
김태영 씨(남, 25세)를 비롯한
몇 명이 채용되었다

북한 노동자들이 가공한 플라스틱 제품이
한국으로 수출되었을 때
조선족 최수철 씨는 자신이 만든 물건보다
값이 쌌으므로 사 쓰지 않을 수 없었지만
김태영 씨와 북한 노동자들은 돈이 없어
자신들이 만든 물건도 사 쓰지 못했다

조선족 최수철 씨의 동생 역시
한국의 플라스틱 가공 공장에 취직해 떠나서
한족의 플라스틱 가공 공장보다
훨씬 더 많은 봉급을 받았다

징후

중국에 사업차 다닌 친구가
식사하러 갔던 이야기를
나에게 했다

조선족 통역자를 데리고
상담하러 다니다가
처음 북한 식당에 들어갔는데
서빙하는 처자들이
말투 비슷한 조선족 통역자에겐 대답 잘하고
서울말 쓰는 친구에게는 말조심하더란다
그 다음부터 친구 혼자서
북한 식당에 찾아가기 시작했는데
낯이 익은 뒤로는
우스갯소리 섞어 인사하더란다
볼거리 재밌게 공연하여 보게 하고
먹을거리 맛있게 조리하여 먹게 하여
손님들에게 눈요기를 시켜주고

입맛을 당기게 한 덕에
조그맣게 시작한 북한 식당이
한국 식당보다 더 크더란다

그런 상술을 아는 북한인들이 많아진다면
북한과 사업해도 윈윈*할 수 있겠다는 생각이
얼핏 들더라고 친구가 덧붙였을 때,
통일이 가까워지는 징후라고
내가 한마디 했다

* win win

외국행

러시아에 가서 사업하다가
망하고 돌아온 친구는
북한 노동자들을 만난 이야기를
나에게 덤덤하게 했다

그는 북한 노동자들과는
고용인과 피고용인 사이로 지내지 않아서
임금이나 생산력을 두고
따따부따하지 않았기에
서로 속마음을 드러내지 않았다고 말했다

러시아에 와서 일하다가
돈 조금 모아 돌아간 북한 노동자들도
내 친구를 만난 이야기를
주변에 덤덤하게 했을 것이다

그들은 일거리를 찾으러 다녔으나

내 친구가 동포라는 이유만으로는
일자리나 일감을 마련해주지 않았기에
서로 인사말 말고는 농담도 하지 않았다고 말이다

나는 생각한다
그나 그들이나 한국전쟁 후에 출생하여
한쪽은 자본주의를 배우고
또 한쪽은 공산주의를 배웠지만
그 혜택을 받지 못하고 성장했기에
그렇게 외국에 나가 애면글면
직업을 가져보려 애썼다고

출판권

영국의 어느 출판사는 자국 작가들에게서
더 이상 싱싱한 소설을 받아낼 수 없자
스와질란드에서 가능성 있는 무명작가들을 찾아
독점적으로 출판권 설정 계약을 맺었는데
단 한 명의 단 한 편이라도 베스트셀러가 된다면
투자해볼 만한 사업이라고 판단했다는 것이다
모어母語는 스와지어, 공용어는 영어,
영국의 식민지였던 스와질란드에서
이야기를 스와지어로 들으며 자라나
영어로 된 책을 읽으며 공부하여서
스와지어 문장보다 영어 문장을
잘 구사하는 무명작가라는 것이었다

남한의 어느 출판사 편집자가
번역 출판할 만한 소설을 찾으려고
인터넷 검색 중에 우연히 발견한
스와질란드 무명작가에 관하여

그렇게 들려주면서 이렇게 한마디 했다

남한에 유명작가들은 많으나
더 이상 싱싱한 소설을 받아낼 수 없으니
북한에서 가능성 있는 무명작가들을 찾아
독점적으로 출판권 설정 계약을 맺어놓았다가
통일 후에 받을 작정만 한다면
장기적으로 고려해볼 만한 사업일 것이다
남한에서 듣도 보도 못한 이야기를
무진장 알고 있을지도 모를 테니
자유롭게 쓸 수 있을 때가 오면
다들 아주 싱싱한 소설로 만들어낼 것이다

탈분단 연작시집 3부작, '너나들이'의 이야기시

노지영(문학평론가)

1. 증상으로서의 분단과 치료로서의 탈분단

'태초^{胎初}'부터 분단이 있었다. 21세기 한반도에서 분단이라는 외상은 과연 어떤 형태로 작동되고 있는가? 물론 분단이라는 외상을 역사적 실재로 직접 경험한 기성세대들이 현재에도 대한민국 내에는 상당수 존재한다. 그러나 21세기를 살고 있는 더 많은 수의 남북 주민들에게 분단이라는 외상은 경험재로 체험된 것이 아니라 다양한 미디어 속에서 간접화된 흔적을 통해 학습되는 것이다. 태초부터 있었던 분단을, 이해되지 않은 '기표'로 선존재하는 분단을, 한반도 주민들은 사후적으로 구축해가면서 분단을 현재화한다. 아니 현재를 분단화한다.

그리하여 한반도 주민에게 분단이란, 그 체제가 개입된 다양한 삶의 흔적들을 발견하고 이들의 분석적 재구성을 통해서 그 실재적 진리를 알아내야 하는 '태초의 장면'이면서, 언제나 우리를 히스테리컬하게 만드는 현재진행형의 사건이다.

그리하여 한반도 주민에게 분단은 집단 증상으로 나타난다. 분단 속에서 우리는 고도의 신경증을 앓는다. 냉전 시대가 종식된 지 오래되었지만 전 지구적인 자본주의가 작동하여 우리의 삶이 불안정해질수록 우리의 분단에 대한 신경증은 더욱 심각해졌다. 세계 내에 안정되게 정주하지 못하여 정감적 결속으로서의 자기 공간에 대한 '장소애(topophilia)'가 파괴된 상황이 계속될 때, 자신을 불안하게 하는 외부 조건에 대한 신경증은 더욱 극심하게 나타난다.

우리의 삶에 기본 조건이 된 불안정과 위기 속에서 냉전 대립 구도는 언제나 유령처럼 귀환하고 있다. '분단'이라는 것은 우리의 삶 속에서 곧잘 망각되지만, 우리 민족의 삶과 의식을 제약하다가 다양한 이해관계 속에서 그 얼굴을 적나라하게 드러내는 존재이다. 그것도 왜곡된 '이데올로기적' 언어로 말이다. 개인의 삶 속에서 잊어버리거나 은폐된 여러 가지 감정과 쇼크들이 합리적인 언어의 의미로 설명되어 해소되지 못할 때, 그것들이 분단 체제라는 틀 속으로 들어와 왜곡된 논리와 명명법으로 변형, 분출되는 모습을 우리는 곧잘 목격할 수 있다. 가령 '종북'이나 '빨갱이'로 상징되는 명명법이 이를 잘 보여준다. 이러한 명명법이 가능한 이유는 사회의 불안과 그것의 학습으로 야기되는 신호적 불안 속에서 우리들이 기억해야 할 역사들은 망각되고 대항기억(counter-memory)들은 적절히 삭제되기 때문이다. 근원을 망각한 채 표면에만 집착하며 언어화한 사후적 작업 속에서 우리는 대사회적 불안을 분단과 '이데올로기 풍의 언어'로 분출시키는 것이다.

우리의 무의식을 의식의 언어로 온전히 번역하여 그러한 신경증과 억압에서 벗어나는 작업은 그래서 중요하다. 그 분단이라는 주제 속에서 콤플렉스를 정화하는 미로를 찾지 못한 채 쉽사리 배설되는 언어, 분단 체제의 실재를 직시하지 못하게 하는 언어를 거부하고 우리는 새로운 언어들의 심인적 작용을 꿈꾸어야 하는 것이다. 왜곡되고 변형된 채 배설된 무수한 말들은 우리를 신경증에서 해방시키는 것이 아니라 대중의 분열을 통해 현재의 분단국가 체제를 공고하게 하고 세계 자본의 통치와 운영을 용이하게 하는 원리로 이용되고 있기 때문이다. 삶이 유동적이고 변동이 심할수록 분단의 실체는 망각되고, 분단의 체제만 작동하여 각 개인의 심리적 콤플렉스를 자극하기도 한다. 따라서 그것을 저지하는 새로운 어법을 탐색하는 것은 오늘을 살고 있는 시가 도전해야 할 무엇보다 중요한 과제라고 할 수 있다.

21세기 들어 그러한 과제에 응답하는 시들은 현저히 줄어들고 있다. 적극적이지는 않더라도 서사와 영화 장르가 분단 체제의 현실을 지속적으로 소재화하고 있는 반면 시 장르에서 분단의 무의식을 주제화하는 작업들은 점차 희귀해졌다. 시에서 재현의 언어나 거대 담론을 피하려는 또 하나의 신경증이 이중으로 작동했기 때문일까. 문학의 자율성을 말하는 시인군은 물론 문학의 정치성을 말하는 시인군에게서도 분단과 통일에 대한 담론적 개입을 찾아보기는 쉽지 않다. 그러한 가운데, 하종오가 '분단 체제'의 한복판에서 지속적으로 언어화하는 일련의 작업은 단연 주목할 만한 것이다.

잘 알려졌다시피 하종오는 세계의 추방된 존재들 사이를 지속적으로 여행해온 대표적인 시인이다. 이전 시집들의 성과는 두말할 것도 없거니와 『반대쪽 천국』(2004)이나 『입국자들』(2009), 『국경 없는 공장』(2007), 『아시아계 한국인들』(2007), 『제국』(2011) 등의 시집들에서 특정 주제를 전면화한 작업들은 우리 시사에서 발견하기 어려운 매우 진귀한 성과라 할 수 있다. 파편화된 징후를 요령껏 보여주거나 소재주의로 빠지는 것을 지양하고 시의 장 안에서 자신의 목소리를 내며 이처럼 적극적으로 담론에 참여한 시인은 우리 시사에서 흔치 않다. 아니, 하종오 시인은 기존의 담론에 참여한 시인이라기보다는 담론을 먼저 개척해온 시인이라고 표현하는 것이 더 적절할 것이다. 그를 통해 시의 장에서도 다문화 담론이 본격적으로 열렸고, 이주 외국인이나 탈북인 같은 하위주체들의 문제가 시의 사례를 통해 학술적으로도 주목되었다.

그러한 그가 다시 『남북상징어사전』(2011)과 『신북한학』 (2012)을 거쳐 『남북주민보고서』(2013)로 이어지는 탈분단 문학 3부작을 열어내었다. 우리에게 존재하는 '분단'에 대한 신경증은 이처럼 장기적인 관점과 연속적인 전체로서 기획될 필요가 있다. 또 이러한 신경증은 단지 일국적 차원에서 고찰할 것이 아니라 국가의 내·외부 요인들을 탐색하여 전 지구적인 차원의 문제로 언어화하여야 근본 치료가 가능할 것이다. 세계 자본의 체제와 그 모순이 분단이라는 신경증을 통해 노골적이 고도 완강하게 뿌리내린 대표 공간이 한반도라는 점에서 '한반 도'의 분단 문제는 실재적 현실을 총체적으로 직시하는 언어를 통해 궁구되어야 하는 것이다. 물리적 분단이 감정적 내전으로 번져 생각과 언어의 진화를 방해하는 오늘날, 그리하여 시인은 『남북주민보고서』를 제출하면서 전 세계적 모순 안으로 기꺼 이 진입한다. 분단화되는 현재를 통해서 탈분단화의 미래에 도전하는 것이다. 시의 언어에게 다시 응전의 지위를 허락하면 서……

2. 참칭의 시대, 서명의 글쓰기

하종오의 『남북주민보고서』를 열어보기 전에 먼저 본격적인 분단 연작 시집이라 할 수 있는 『남북상징어사전』을 언급하지 않을 수 없다. 분단된 북한의 문제는 우리의 실제 삶을 빈번하게 제약하는 부분임에도 시인들에게 있어 정직히 응시되지 않거나 표현의 자유를 제약하는 금기의 영역으로 존재해 왔다. 후기에 덧붙인 '시인의 말'에서 하종오는 "북한에 대해서 남한 시인들이 정직하지 못한 듯하다는 비난을 들을 때 나는 몹시 부끄러워"하였다고 고백한 바 있다. 많은 이들이 '시인'임을 자처하지만, 정직하게 직시하지 않은 어떠한 영역을 남겨둔 채로 '진실을 찾아가는 시인'을 참칭할 수는 없는 일이다. 무책임하게 자기를 미화하는 세계에 살고 있는 한 우리 인간은 참칭자^{僭稱者}(pretender)에 불과하다는 바흐친의 말처럼, 오늘날 한반도의 대내외 현실에 무엇보다 절대적으로 사회적 영향력을 행사하고 있는 분단의 문제에 대해 표현하지 않은 채 '시인'임을 참칭할 수는 없다. 우리 시대 '분단으로부터 도피'하면서 시의 자유를 논한다는 것은 어불성설이다. 실존의 의미를 무책임하게 빠져나가며 시에 자신의 이름을 '서명'하지 않는 주체들이 진정한 시인을 참칭하는 세상에서, 그리하여 하종오 시인은 분단의 책임을 감당하는 '서명의 글쓰기'를 해 나간다.

그리고 그러한 각오를 더욱 확고히 보여주겠다는 듯이 자신의
이름을 시 안에 직접 기입하는 방식으로 '하종오 씨' 연작을
쓰는 것이다.

남북 전쟁이 끝난 후
모년 모월 모일 동시에
남한에서 태어난 사내아이와
북한에서 태어난 남자아이가
하종오라는 이름을
각각 부모님으로부터 받았다

사내아이와 남자아이는 서로
생년월일이 같은 것도 모르고
성명이 같은 것도 모르고
남한과 북한에서 자라났다

이런 하종오 씨들은 동갑내기였지만
남한에서는 독재 정권이 세워졌다가 무너지기까지
북한에서는 세습 정권이 세워졌다가 튼튼해지기까지
아이 적에는 길바닥에서 흙장난하다가
소년 적에는 학교 다니며 공부하다가

청년 적에는 결혼하여 직장에 다니다가
중년 적에는 일자리가 없어 서성거리다가
노년에 이르러 자식들이 아비 어미 되어 다 떠나가자
남한에서 살기 좋아진 하종오 씨는
구경거리 찾아서 북한에 가고 싶어 했고
북한에서 살기 힘들어진 하종오 씨는
먹을거리 찾아서 남한에 가고 싶어 했다

다 같이 사내아이로 남자아이로 태어났던
동갑내기 하종오 씨들은 남한과 북한에서
각각 다른 꿈을 꾸며 살아낸 줄 모른 채
한 번 만나 통성명도 하지 못하고 죽었다
　　　　　　　　　－「동갑내기 하종오 씨들」 전문

　이 시집에서는 '하종오'라는 이름의 등장인물을 내세우는
시들이 전면에 배치된다. 그러나 언술하는 방식은 시인의 동일
적 시선을 강화하면서 자신의 목소리를 문면에 내세우는 여느
서정시의 형식과 매우 다르다. 시인의 실명이면서 시의 등장인
물로 설정된 '하종오'라는 이름은 시인 자신의 목소리를 강화하
기 위해 사용되고 있지 않다. '하종오 씨'와, 같은 이름을 가진
또 다른 '하종오 씨', 같은 형편을 가지고 있는 또 다른 '하종오

씨들' 그 모두의 삶을 복원하기 위해 자기동일적 주체가 시의 주변부를 장악하는 어법은 과감히 포기된다.

이 시에서 남한의 '하종오 씨'와 북한의 '하종오 씨'는 동등한 비중으로 병치되어 서술된다. 남북에서 '사내아이'와 '남자아이'로 태어난 '동명이인'의 존재들이 '동명동생^{同名同生}'의 삶에서 탈주하지 못하고 죽어가는 일생이 담담한 어조로 요약되어 있는 것이다. 이 시는 '동갑내기'의 동일한 성명들끼리도 '통성명'할 수 없는 분단 현실을 상징적으로 보여주고 있다. 남한에 속한 '하종오 씨'라는 '개별'적인 이름을 시 안에 서명하면서 이 시는 시작되지만, '독재 정권'이나 '세습 정권'으로 상징되는 남북의 모순적 현실을 '공통'으로 '살아내'는 "이런 하종오 씨들"을 함께 조망하며 시는 '죽어가'는 분단 안의 존재들을 일일이 몽타주한다.

이 시집에서 '하종오 씨들'은 매우 다양한 형태로 시에 출몰한다. 제목만 보아도 알 수 있다. "이산가족 하종오 씨", "광고기획자 하종오 씨", "이남출신 하종오 씨", "실업자 하종오 씨", "전쟁고아 하종오 씨", "전후 출생 하종오 씨", "이상한 나라의 주민 하종오 씨", "늙은 직장인 하종오 씨", "종단 열차 승객 하종오 씨들"과 같이 명명되면서 말이다. "이상한 나라"로 멀어져가는 '북한'을 끊임없이 시에 불러내어 '남한'의 현재를 돌아보는 작업은 "이런 하종오 씨"의 '조상들'이 "지구를 돌아다보며 이젠 참 부끄러워"(「전후 하종오 씨네 가계」)하지 않게 하기 위한 필수적인 시적 전략이다.

한반도 주민들은 분단으로 인해 대륙에서 고립되어 있다. 그리하여 반도 국가임에도 '섬' 국가로서의 무의식 속에서 생존에 대한 신경증을 앓고 있다. 그러한 섬으로서의 분리의식과 생존 본능으로서의 공격성을 이겨내기 위해 하종오의 시는 '종단적 상상력'을 추구한다. "두 하종오 씨의 순례"(「두 하종오 씨의 순례 — 상상도」)나 '종단열차'에서의 '동석'은 그리하여 언어적 "수다"(「종단열차 승객 하종오 씨들 — 상상도」)를 필수적으로 동반하리라. 그 언어적 필수 작업은 한반도 정세를 좀 더 근본적으로 탐구하는 『신북한학』의 연작 시집으로 이어진다.

『신북한학』의 자서에서 볼 수 있듯이 "남북의 분단 상황과 세계 자본주의 체제 사이에서"는 "남한국민과 북한인민을 포함한 세계시민의 개개인의 일상이 별개일 수 없다." 그리하여 하종오는 "시시콜콜한 현재와 미래의 그런 일들"(「신북한학新北韓學, 입문」)을 통해 '신'북한학이 실제로 어떠한 형태의 북한'학'이 되어야 하는지를 섬세히 보여주고 있다. 『남북상징어사전』에서는 '장삼이사'의 표본인 '하종오 씨'를 중심으로 하여 남한과 북한의 필부들을 병치시키는 형태로 시를 썼다면 『신북한학』에서는 북한의 남녀노소 다양한 직군들과 세계시민들의 살아가는 방식을 시집 안에 병치시키는 형태로 시를 쓰고 있다.

우리가 잘 알다시피 세계사는 서구 중심의 화성악적 구도 속에서 기술되어왔다. 그러나 이 시집에서는 서구 중심의 전체적이고 수직적인 화음 속에서 언제나 코러스로 존재하던 지역(도쿄, 중국, 타이완, 몽골, 필리핀, 베트남, 태국, 미얀마, 인도, 아프가니스탄, 예루살렘, 팔레스타인, 중동, 아프리카, 블라디보스토크, 칠레 등)들을 전면에 배치한다. '○○ 유감 ○○○○년'과 같은 형태의 제목으로 이루어진 이러한 비서구 지역들을 대상으로 한 시는 일련의 연작을 이루며 남북한의 일상들을 담은 '신북한학' 연작시와 함께 한 권의 시집 안에서 대위법적 구도로 배치되는 것이다. 타지와 그곳의 다양한 실상들은 이 한 권의 시집 안에서 어떤 우위를 점하며 서술되지 않는다. 이들 지역은 개별적 독립성 속에서 존재하면서도 북의 현실과 대칭적 배치를 이루며 전체적으로는 한 권의 시집 속에서 조화를 이루는 대위법적 구성을 취하고 있다. 이는 타자의 개별성과 '우리'와의 관계성을 동시에 포기하지 않는 시적 전략이라 할 수 있다.

그리하여 이 시집에서는 1부의 '신북한학' 연작과 n개의 타 지역들을 일일이 호명하는 '유감 연작' 등이 수평적으로 병치된 형태를 통해, 우리 민족과 세계시민이 어떤 방식으로 연대해나가야 하는지의 윤리적 태도까지 조심스럽게 예시해

주고 있다. 시의 화자들은 한반도라는 장소에 고착되지 않고, 세계시민들이 속한 개별의 장소들을 상상하면서, 그 지역들을 하나하나 순례한다. 이 시적 주체들은 남북으로 '종단'하여 한반도를 순례하는 주민이면서 동시에 동서의 지역들을 '횡단' 하여 세계를 순례하는 작업을 병행하는 세계 주민이다. 그리하여 그 안에서 분단의 현실을 말하면서도 자기동일적 낭만주의에 빠지지 않은 채 '한반도 주민'의 실상을 자연스럽게 상상할수 있는 지경을 열어준다.

3. 이야기시의 진화, '너나들이'의 이야기시

탈분단 연작 시집의 3부작이라 할 수 있는 『남북주민보고서』에서도 세계를 말하는 태도는 유사한 방식으로 나타난다. 남과북을 보여주는 유표적 자질들은 시 안에서 대등하게 병치되어제시된다. 서사 장르와 달리 1인칭 자아의 고백적 성향이 두드러지는 시 장르에서는 시적 주체의 발화가 타자의 이미지를주관적으로 창조하면서 자기동일적인 주제를 강화하는 형식으로 귀착될 때가 많다. 그러나 하종오는 시 안에서 타자의자기동일적 병합을 경계하면서 국지적인 장소성에 얽매이는시적 주체의 목소리를 최대한 내려놓는 방식을 택한다. 아래의

시에서처럼 남한의 '그'와 북한의 '그녀'를 동시에 상상하는
방식은 하종오가 자주 취하는 어법 중에 하나다.

　　육이오전쟁 후에 김포에서 태어난
　　그가 가보지 못한
　　개성은 그때부터 출입 금지된 도시다

　　육이오전쟁 후에 개성에서 태어난
　　그녀가 가보지 못한
　　김포는 그때부터 출입 금지된 도시다

　　그 도시에 굳이 다녀와야 하는 이유가
　　전후에 태어난 그와 그녀에게는 없다
　　다만 전전戰前에는
　　개성 사람들이 김포로 쌀을 사러 갔다가
　　한강물 잔물결 바라보며 시름을 씻고 돌아왔다고 하고
　　그래서 주민들은 맛있는 쌀을 먹었다고 하고
　　김포 사람들이 개성으로 인삼을 사러 갔다가
　　송악산 산봉우리 바라보며 시름을 내려놓고 돌아왔다고 하
고
　　그래서 주민들은 좋은 인삼을 먹었다고 한다

둘 다 갱년기에 접어들어 입맛도 밥맛도 없는 차에

그는 꼭 개성 인삼을 먹고 싶지도 않으니

개성에 가고 싶지도 않고

그녀는 꼭 김포 쌀을 먹고 싶지도 않으니

김포에 가고 싶지도 않다

전후에 태어나 한번도 가보지 못한

개성과 김포에는 둘 다 보고 싶은 풍경이 없다

—「전후 출생」 전문

　이 시에서는 존재의 우위를 확정하는 주체나 일방적으로
타자화시키고 있는 대상이 없다. 남한의 필부匹夫와 북한의
필부匹婦는 거의 복제하듯이 동일한 비중으로 서술된다. 이
시집의 시인의 말에서 시인은 "남한 주민이 남한 주민에게
너나들이하고 푸념하고 시시비비하고 농담하듯이 북한 주민
이 북한 주민에게 너나들이하고 푸념하고 시시비비하고 농담
하듯이 남북 주민들이 서로 간에 그러해야 탈분단이 남북
주민들에 의해 성취"될 것이라고 이야기한 바 있다. 1인칭
자아의 원근에 의해 타자의 이미지가 일방적으로 기술되는
것이 아니라 북한이나 남한이 상호 간에 '너나들이'하고 감응할
수 있는 '이야기시'를 열어내는 것이다.

'전후 출생'한 한반도 주민들은 분단 체제 속에서 관념적으로 신경증적 방어기제를 작동시키기도 하지만, 실제 분단 현실에는 무감각할 때가 많다. 그리하여 분단 시대를 살면서도 정작 분단 현실 속에서는 소외되기 십상이다. 분단된 삶에서 소외되므로 탈분단의 욕망도 작동되지 못한다. 시에 묘사된 남북 주민들은 "전후에 태어나 한번도 가보지 못한 / 개성과 김포"를 두고도 서로 "보고 싶"어 하는 "풍경이 없"는 것이다. 남북한은 서로에게 익숙하지만 그 무엇보다 기이하고(uncanny) '이상한 나라'이며, '출입 금지'된 도시일 뿐이다. "전전戰前"에는 주민들이 '~했다고' 전해오지만, 그것 또한 구전으로서의 과거이다. 현재는 분단 체제의 고착으로 인해 '전전'의 풍경은 아예 욕망되지도 못하는 것이다.

  분단 현실은 언어로 표현하여 해소해야 할 우리의 내부가 아니라 점차 표상을 통해 배설되어야 할 우리의 외부가 되어가고 있다. 그리하여 하종오는 미디어를 통해 재현되고 표상되는 분단민으로서의 삶이 우리를 감응(affect)시키지 못하고 우리를 더욱 무관심하게 만드는 상황을 문제시한다. 이러한 상황은 일시적인 무관심으로 봉합되거나 때로 더 큰 신경증을 유발하는 상황으로 발전하여 우리 사회의 내부 분열을 심화시킨다.

  과거에는 남북 주민들이 '~했다고' 전해오는 것들이 있었다. 그러나 이것이 현재 속에서 정서적 감응을 동반하지 않음으로

써 한반도 주민들에게는 헤쳐 나가야 할 미래가 봉쇄되어버렸다. 지식의 범람이 가속화되고 있는 오늘날에 이르러 이러한 상황은 더욱 심각해졌다. 이는 탈분단에 대한 추상적인 이론을 앞세워서 해결할 수 있는 문제가 아니다. 감정적이고 원초적으로 선존재하는 분단은 외부 이론이 아닌 내부의 이야기로 대중 정서에 가닿아야 하는 것이다. 하종오에게 그것을 가능하게 하는 매개는 바로 '시'의 언어다.

시집의 시인의 말에서 하종오는 "남북 주민들이 서로의 사람살이에 대해" 체험하고 표현하는 상상을 이 시집을 통해 지속적으로 보여주고자 한다고 밝힌 바 있다. 남북한의 다양한 표지들을 동위에 놓고, 오늘날의 다양한 미디어를 통해서도 미처 '보고'되지 않았던 남북 주민들의 '너나들이'와 '푸념', '시시비비'와 '농담'들을 상상해내는 것이다. 「책」이라는 시에서 표현하듯이 "전후에 태어난 나는 / 육이오전쟁 전에 일어난 사건들에 관해" "책을 읽어서" 알지만 "책에 쓰이지 않은 디테일이" 엄연히 있다는 것을 알고 있기도 하다. 이를 '추측'하고 상상하면서 시인은 "육이오전쟁 후에 일어난 사건들에 관해서 / 책을 집필해야"하는 것이다. 그리하여 "기승전결은 물론, / 주민들이 퍼뜨린 자질구레한 / 말실수나 뜬소문도 찾아 덧붙여놓겠다"고 다짐하는 시인은 외부적 '표상(repre-sentation)' 대신 전해야 할 내부적 '표현(expression)'에 주력

한다. 분단에 대한 다양한 표상과 담론들의 생산은 일정 부분 허가되었으나 실제로 우리에게 가장 억압되어 있는 금기의 영역은 바로 이러한 실제 '표현들'이었다. 따라서 시를 통한 '보고'와 '기록'의 표현은 우리들을 최대치의 자유로 인도하는 상상이자, 우리의 신경증이 유발된 근본 원인들을 탐색하고 산책해가는 과정이 된다.

어느 먼 뒷날 근린공원 산책하다가
한 주민과 나란히 걷게 되어
수인사하다가 말동무가 되어서
그는 북한 출신 노동자라는 걸
나는 남한 출신 시인이라는 걸
서로 알고는 그가 나에게
이 도시를 건설하는 데 참가했는데
낯선 사람들이 모여 살도록 세웠다고
이 동네를 조성하는 데 한몫했는데
좋은 이웃들이 생겨나도록 만들었다고
시시콜콜 자랑한다면
나는 기꺼이 받아 적은 후
문장을 만들고 다듬어놓겠다

어느 먼먼 뒷날 어느 먼먼 뒷날
우연히 그 원고를 읽는 주민들 모두
저마다 자기 이야기라고 목소리를 높이면 좋겠다
　　　　　　　　　　　　　　　ー「대필가와 기록자」 부분

대동강에 어스름이 내릴 무렵,
산책하러 나온 내 나이쯤 된 남자가
둔치에 서 있는 나무들이 뿌리를 뽑아 들고
강물 위를 걸어 다니며 물소리를 낼 때
그 광경을 바라보다가
한강 둔치에 서 있는 나무들도 뿌리를 뽑아 드는지
강물 위를 걸어 다니며 물소리도 내는지
그 광경을 상상하다가
걸핏하면 북한과 남한을 동시에 생각하는
자신의 사고방식이 비정상인지 의심할지도 모른다

강에 어스름이 내리기 시작하면
남한에서도 북한에서도 강변에 나가
마음대로 보고 마음대로 상상하는 건 인지상정이라고
서로 전할 수 있는 시간이 올 것이다
　　　　　　　　　　　　　　　ー「산책 시간」 부분

앞의 시 「대필가와 기록자」에서 보듯이 시인이란 세계를 산책하면서 '너나들이'할 말동무와의 이야기를 기록하는 존재로 간주된다. "한 주민과 나란히 걷게 되"는 수평적인 산책길이 "먼먼 뒷날" 이야기의 역사로 바뀌는 순간을 기록하고 있는 이 시는 '근린공원'이라는 공간에서 '좋은 이웃'들의 시시콜콜한 '이야기'를 자연스럽게 미래 시간과 연결하고 있다.

남북의 가보지 않은 공간을 상상하는 것은 하종오에게 산책하고 순례하는 길을 통해 미래의 시간을 도래하게 하는 가능성으로 설명될 때가 많다. 위의 시 「산책시간」에서 보듯이 풍경과 광경을 산책하면서 만나는 존재들은 "마음대로 보고 마음대로 상상하는 건 인지상정이라고 / 서로 전할 수 있는" 소통의 미래 '시간'을 개방한다.

우리는 "마음대로 보고 마음대로 상상하는" 것이 "비정상인지 의심"되고 우리의 상상조차 끊임없이 검열되어야 하는 세계 속에서 살고 있다. 그러나 남북한을 서로 분리된 존재이자 상관성이 없는 개체로 생각하는 것이 자연화된 세상에서, 흐르는 강변을 산책하고 실제 자연물을 관찰하는 것은 한반도의 주민들에게 연속되는 '인지상정'의 상상을 가능하게 한다. 한강에서 대동강을 상상하고 대동강에서 한강을 상상하는 동시적 작업은 강을 따라 산책하는 이에게는 또한 '인지상정'이기도 하다. 흐르는 강물의 몸체를 '분단'할 수 없듯이 남과 북이라는 한반도의 신체를 "동시에 생각"하는 것은 매우 '정상'적인 일인 것이다.

우리는 기계적으로 분단의 틀 속에서 국경과 민족과 안보와 경제와 개인의 문제를 사유해왔다. 그리고 한반도 다수의 주민들은 선험적으로 주어진 분단이라는 상황을 이러한 절연의 표상들 속에서 개인적으로 이해하면서 신경증적인 삶을 유지해왔다. 그 속에서 남북은 폐쇄된 '자기 공동체'를 상정하고 그 영역의 정체성과 동일성에 대한 집착을 보이며 서로에 대한 기억들을 망각해왔다. 때문에 삶 속에서 분단의 문제를 통해 야기되는 현상들을 일부분으로 맞닥뜨렸을 때는 감응되지 못한 감정들로 인해 뒤틀린 언어들을 배설하거나 적대의 언어만을 내세우기도 한다. 이처럼 남과 북이 서로를 외부화하며, 서로를 '공존재(co-being)'로 상상하지 않을 때, 언어는 우리를 해방시키는 것이 아니라 더 강력한 적대와 냉소의 감옥 안에 우리를 감금하기도 하는 것이다.

이러한 현실 속에서 하종오가 기획한 연작 시편들은 단연 독보적인 의의를 갖는다. 이들 시를 통해 그는 남에게는 제거된 북의 영역을, 북에게는 삭제된 남의 영역을 의미의 우위 없이 개방하고 있다. 이를 대위법적 구성과 병치의 언술 양식으로 기술하고 있는 것은 특기할 만하다. '공존재'로서의 이야기시

가 어떤 형식으로 가능한지를 누구보다 적극적인 시 언어로
보여주는 것이다. 남과 북의 주민들은 주체와 타자의 구분이
없이 수평적으로 시 속에 존재하며 언어 표현 속에서 '너나들이'
를 상상해나간다. 오늘날 한반도의 '분단 기계'로서 살아온
주민들, 그리하여 '자기 보존'을 위해 무수한 연상을 절단해온
우리들은, 남과 북이라는 부분 개체를 한반도라는 신체 전체로
연상하면서 시를 통해 신경증을 치유하고 '자기극복'의 단초들
을 마련하게 된다. 이처럼 남과 북에 대한 상상을 통한 '세계-내
-공간'의 확장은 현재 정주하고 있는 공간을 극복하여 '세계-
외-시간'으로서의 미래를 꿈꾸게 하는 작업으로 이어진다.
남과 북이 동시적으로 발화되는 '장소' 속에서 비로소 남과
북이 "서로 전할 수 있는 시간이 올 것"이기 때문이다. 미래는
그렇게 현재를 극복하며 도래한다.

4. 억압의 히스테리에서 해방의 히스토리로

분단 사회에서 분단화를 저지할 수 있는 가장 효과적인
방식이 언어뿐이라는 듯이, 하종오는 분단 문제를 시화하는
작업에 정력적으로 몰두해왔다. 특히 기존의 선행 작업들을
포괄하는 동시에 그것들을 결산하는 『남북주민보고서』는 우

리에게 허락된 공간만을 상상하는 것이 아니라 시 속에서 금기시된 새로운 공간적 육체로서의 세계를 동시적으로 상상하게 하였다. 그리하여 부분만을 묘사하며 하염없이 신경증적 불안과 반동에 시달려온 우리의 언어를 상상의 전체상 속에서 '너나들게' 해 주었다. 특정 공간에 '소유'되어 억압되는 언어가 아니라 세계의 실상을 상상하여 전체의 '향유'를 꿈꾸는 언술의 형태를 도모한 것이다. 이는 분단 현실의 실체를 고민하고 한반도 주민들의 신경증을 치유하는 기초 작업이 될 것이다.

한반도의 주민들에게는 분단을 과거화하기 위해 분단의 이야기를 현재화하여, 다시 탈분단의 미래를 준비해야 하는 숙명적인 과제가 주어져 있다. 하종오의 시는 그러한 과제에 적극적으로 대답하기 위해 시의 등장인물들의 공간을 더욱 다변화하는 노력을 보여준다. 같은 시기 출간이 예정되어 있는 『세계의 시간』이라는 시집은 다국의 이름 모를 노동자들의 이름을 일일이 명명하면서 분단 자본주의와 세계 자본주의가 밀착된 곳에 현미경을 들이댄다. 이 시집은 『남북주민보고서』와의 대칭 관계 속에서 공명하면서 분단 자본주의와 세계 자본주의의 상관성을 진지하게 묻고 있다. 그리하여 일련의 탈분단 연작 시집에서 호명하던 방식으로 "돈을 남들보다 더 벌어야 행복한 시대"(「행복한 시대에」, 『세계의 시간』)에 "이코노미 석"에 탑승하여 무수히 "경제적으로 검토"되고

146

있는 "서로 모르는 승객"(「이코노미 석」, 『세계의 시간』)들의 이름을 일일이 호명한다. 분단 자본주의 속에서 신경증을 앓느라 '너나들이'를 억압하던 '하종오 씨'는 이제 세계 자본주의 속에서 신경증을 앓느라 소통을 억압하고 있는 다국의 '도구적 부속품들'과 같이 하면서 '세계의 시간'을 고민하는 것이다.

물론 기존에도 분단 문제를 묘파한 다양한 시들이 있었다. 그러나 이들의 상당수가 자기동일적 목소리로 분단 문제를 담론화하는 '이론의 시'였던 것도 사실이다. 이러한 시들 앞에서 하종오는 남북 주민들을 일일이 호명하여 그들의 상상 속을 '너나드는' 새로운 형태의 시를 제안한다. 여기서 남북 주민들에 대한 호명은 그들의 이름을 기입하여 민족 공동체의 족보를 만드는 폐쇄적 작업과는 거리가 멀다. 이는 내부의 정체성을 구축하는 족보를 과감히 찢어버리고, 전 지구적 자본주의의 외부로 걸어 나가는 작업으로 나타나는 것이다. 우리 너머의 외부를 내부화하면서 그 속에서 병증을 앓고 있는 환자들과 교류하고 연대하는 새로운 보고서를 작성하는 방식이다. 『남북주민보고서』와 마찬가지로 『세계의 시간』에서도 그는 세계 주민들의 이름을 시 속에 일일이 기입하는 작업을 병행하면서 거대 자본 너머에 있는 모든 소수자들과 타자들에게 걸어 나간다. 세계 자본주의의 '사람살이'가 남북의 '히스테리'와 연동되는 지점을 선언하는 방식으로 말이다. 그리하여 하종오의 시적 여정 속에서 '분단민-되기의 역사'는 '한반도 전체의 주민-되기'의 역사이면서 '세계 주민-되기'의 역사와 연결된다. 이러한 남북 주민과 세계 주민들로 향하는 '이름의 시', 즉 '칠천만인보'를 거쳐 '칠십억만인보'를 향해 걸어가는 '이름들의 시'는 정녕 지금의 시대가 요구하는 '이야기시'의 진화라 할 수 있을 것이다.

이 시집은 남북 주민들과 세계 주민들의 상처의 역사, 불안의 역사를 담고 있지만, 그 개별의 차이와 반복은 복수의 집합체를 이루며 시집 전체의 신체를 형성한다. 스스로 전 지구적 자본주의의 심인을 드러내며 세계 내부의 원인으로 구성되면서, 상처와 불안의 경험들을 퍼즐화하여 세계를 구성하는 밑그림을 그려내는 것이다. 시집 자체가 세계 주민을 모으는 공동체이자 집합적 신체로 구성되어 미래에 도래할 '세계의 시간'을 열어준다.

하나의 시집이 위로와 전망을 동시에 보여주기는 쉽지 않다. 그럼에도 불구하고 한반도의 신체, 세계적 신체 속에 '너드나는' 하종오의 언어들은 물리적 분단을 넘어 심리적 분단이나 상상적 가능성과의 절연을 견디고 있는 한반도의 주민들에게 위로이자 전망이 되는 시의 실상을 보여준다. 이러한 남북한 주민들을 향해 걸어가는 '칠천만인보'의 상상이, 새로운 '단위의 공동체'를 꿈꾸는 언어적 순례가, 우리를 억압의 '히스테리'

에서 해방시켜 진정한 시의 '히스토리'로 인도할 때까지 아마도 하종오는 그 집합적 신체의 한복판을 뚜벅뚜벅 걸어갈 것이다. 그리고 오늘과 같은 '사건'의 시집을 내보이면서, 다시, 앓고도 앓고 있는 분단의 우리들을 충만케 하리라.

남북주민보고서

초판 1쇄 발행 2013년 2월 24일
    2쇄 발행 2013년 11월 24일

지은이 하종오
펴낸이 조기조
펴낸곳 도서출판 b
편 집 김장미 백은주 홍승진 황윤호
표 지 테크네
인 쇄 주)상지사P&B

등록 2003년 2월 24일 제12-348호
주소 151-899 서울시 관악구 미성동 1567-1 남진빌딩 401호
전화 02-6293-7070(대) **팩시밀리** 02-6293-8080
홈페이지 b-book.co.kr **이메일** bbooks@naver.com

ISBN 978-89-91706-72-9   03810

정가_8,000원